LE POULPE

LE DOLMEN DES DIEUX

Du même auteur :

Flicosophes, France Europe Éditions, 2001.

LE POULPE

Chrysostome Gourio

LE DOLMEN DES DIEUX

LE POULPE

ÉDITIONS BALEINE

Collection créée par Jean-Bernard Pouy et dirigée par Stéfanie Delestré

ISBN 978-2-8421-9476-5

À Hélène B., éditrice historique.
À ma Ninette et ma Clapiotte .

Toute ressemblance avec des faits réels, des personnes vivantes ou ayant vécu, ne serait que le fruit du hasard.

Breizh, douar ar Sent kozh, douar ar Varzhed,
N'eus bro all a garan kement 'barzh ar bed,
Pep menez, pep traonienn, d'am c'halon zo kaer,
Enne kousk meur a Vreizhad taer !

O Breizh ma bro, me 'gar ma bro!
Tra ma vor mor 'vel mur 'n he zro
Ra vezo digabestr ma bro.

Bro gozh ma zadoù

Et dire que chaque fois que nous votions pour eux,
Nous faisions taire en nous ce cri « Ni dieu ni maître ! »
Dont ils rient aujourd'hui puisqu'ils se sont fait dieux,
Et qu'une fois de plus, nous nous sommes fait mettre.

Le Tango des élus

I

Ce n'était pas l'un de ces crachins qui vous trempent jusqu'aux os le temps d'une promenade dominicale sur la plage de Pléneuf et vous pousse à rentrer vous réchauffer les mains sur le grès d'un mug de thé accompagné d'un *kouign amann.* C'était un bel orage, à la limite de la tempête, de ceux qui embrasent la nuit comme un feu d'artifice américain à Bagdad, creusent de profondes vagues dans la mer noire, ébranlent les fondations des falaises de granit, et font remonter les birèmes sur le bitume des trottoirs.

La lande, couverte d'ajonc, de fougères et de bruyères brûlés par l'été moribond, en était retournée, balayée par les bourrasques venues de l'horizon. Les batraciens et les rongeurs qui l'habitaient s'étaient réfugiés dans leurs trous. Les pins bordant les sentiers agitaient leurs branches épileptiques. goélands, cormorans et sternes, quant à eux, se cachaient derrière les rochers de la Petite et de la Grande Fauconnière. Et à chaque détour de chemin, on aurait cru voir se dresser Ar Gazek Klanv, Ar Gazek Gwen et Ar Gazek C'hlaz, les trois juments qui hantent le pays.

Il aurait fallu être fou pour se promener sous cette cataracte qui s'abattait du ciel comme au Déluge et noyait l'anse des Sévignés sous un océan d'eau douce. Pourtant, une silhouette boiteuse avançait sur le chemin qui séparait le fort La Latte du cap Fréhel.

L'antique tour Vauban, érigée sous Louis XIV, n'était plus depuis longtemps en activité. Mais le nouveau phare, lui, du haut de ses cent trois mètres, tentait de déchirer les rideaux qui fondaient sur la Côte de Penthièvre afin de guider les navires vers Saint-Malo. Et seule sa lumière fragmentée permettait de deviner cet étrange marcheur recouvert de haillons, protégé par un chapeau rond loqueteux à larges bords où volait un ruban en lambeaux, et tenant un long bâton tordu qui aurait bien pu être une faux.

Derrière lui, progressait un cheval étique aux yeux bordés de cils pouilleux, à la crinière emmêlée, aux naseaux lépreux expulsant une brume jaunâtre. Il tirait une charrette tout aussi mal en point que les vêtements de son maître, dont les roues, au moindre tour ou rebond sur une caillasse, émettaient un grincement abominable qui se répercutait de loin en loin entre les arbres bousculés.

Lorsqu'un éclair violet découpa le ciel pour s'abattre sur la pointe du Groin et déchaîner les Enfers dans un craquement rageur, la silhouette s'arrêta et se tourna vers les flots. Elle resta tendue un long moment, sa capeline en pièces s'agitant dans les tourbillons, ses cheveux filasses collant à sa peau grise, scrutant l'océan qui s'acharnait contre la roche et explosait des dizaines de mètres plus bas.

Elle semblait suivre un point du regard, comme si, sur cette étendue dévastée, on avait pu distinguer autre chose que des lames et de la dentelle. Mais les yeux glauques cernés de mauve avaient trouvé leur proie. Et un rictus déforma le visage creusé.

Un autre éclair tomba, sans doute sur Trécelin, accompagné d'un coup de tonnerre qui ébranla la Terre et sembla l'ouvrir en deux. Sa lumière blafarde permit alors d'apercevoir un esquif, pas plus gros qu'une barque à moitié remplie d'eau, qui venait d'atteindre la crête d'une vague et tentait de ne pas perdre son équilibre. Puis, une fois encore, les ténèbres prirent possession du monde.

La silhouette ne bougeait plus, continuant de fixer et de suivre cette embarcation sur les flots furieux, perdant un instant puis retrouvant dans un creux ce rafiot qui refusait de se laisser submerger et essayait de rejoindre un abri quelconque, un rocher qui ne soit pas un brisant ou un port qui l'aurait protégé de la colère des cieux.

Le cheval posa son front sur l'épaule de son maître et exerça une légère poussée pour lui signifier qu'il était plus que temps de repartir. Mais une main décharnée se posa sur son encolure pour le flatter distraitement et lui faire prendre patience. Cela ne durerait plus longtemps maintenant.

Comme pour lui donner raison, le ciel s'illumina encore d'une teinte sordide au moment où une vague plus haute que les autres soulevait la coquille de noix et l'envoyait s'écraser contre la roche. Sous la force du choc, elle éclata en même temps que deux corps étaient projetés dans les airs avant d'être engloutis.

La silhouette renversa sa tête en arrière et laissa fuser un rire dément, tendant ses poings et son bâton vers les nuages d'un noir d'encre, laissant ruisseler la pluie glaciale sur sa figure.

2

Gabriel avait glissé ses bras derrière le dossier du banc, croisé ses pieds loin devant lui, et suivait des yeux un goéland cendré se laissant porter par les courants sur fond vert émeraude.

Il gonfla ses poumons d'air marin, fermant les paupières, profitant de ce moment de tranquillité avant que la meute des touristes ne débarque pour admirer le paysage et s'extasier devant la beauté de la nature, critiquant tout de même les gardes de la réserve qui pourraient faire un effort pour nettoyer les rochers de tout ce guano.

La nuit tumultueuse avait laissé place à une magnifique matinée et le ciel, dépourvu de tout nuage, donnait envie d'accompagner les oiseaux qui, perchés sur le bord de leur nid, appelaient leurs partenaires partis chercher de la nourriture pour une marmaille prête à entreprendre son premier voyage.

Au moment où il ouvrait ses mirettes, le Poulpe aperçut un fou de bassan replier ses ailes et transpercer les eaux comme une lance. Il attendit une vingtaine de secondes, guettant les vagues, avant de le voir resurgir quelques mètres plus loin, une proie coincée dans son bec fin.

Il se sentait bien, reposé, apaisé. Dire qu'il était en harmonie avec le lieu aurait sans doute été exagéré, d'autant qu'il n'avait jamais cru qu'il puisse exister un endroit dans l'univers où chacun se serait trouvé parfaitement à sa place. Mais ce sentier blotti entre la mer et la lande, tortillant entre deux pointes de roche, était sans doute ce qui, pour lui, s'en approchait le plus.

Il avait quitté Paris quelques semaines auparavant, glissant un mot tendre au creux de l'oreille endormie de Chéryl – elle avait souri en posant sa joue encore veinée de la trace des draps sur les grands doigts de son éternel amant, comme pour en garder le souvenir – , et un autre, plus caustique, à l'attention de Gérard, dans la boîte aux lettres du *Pied de Porc à la Sainte-Scolasse,* pour les prévenir qu'il s'en allait, qu'il partait faire un bout de chemin avec lui-même. Pas pour toujours. Juste le temps de se ressourcer.

Il s'était en effet réveillé un matin dans la bonbonnière de son amoureuse, submergé par une famille de kangourous en peluche épris de son corps. Il s'était levé en se grattant le service trois pièces au travers de son caleçon, et s'était retrouvé, en entrant dans la salle de bain, face à un inconnu.

Ces yeux encore collés de sommeil prolongés par de fines pattes d'oie, ces fils d'argent dans ces cheveux bouclés, ce A cerclé de bleu délavé tatoué sur ce biceps gauche, ces cicatrices qui couvraient ces arcades et ces pommettes comme tant de souvenirs de luttes incessantes, lui avaient soudain imposé la réalité de son âge. Voilà quelques mois il avait fêté sa cinquantaine, son demi-siècle, ses noces d'or célibataire. Et cela l'avait fait sourire.

Longtemps auparavant, comme dans une autre vie, la quarantaine lui avait filé un coup, vraiment mauvais, de ceux dont on a du mal à se remettre, qui obligent à se retourner pour contempler ce qui est déjà passé et à essayer de deviner ce qui peut encore arriver. Il s'était aperçu qu'à peu de chose près, il avait déjà parcouru la moitié de sa vie et que, vue la vitesse à laquelle tout s'était déroulé, il touchait peut-être déjà au but de son existence.

C'est alors que le sol s'était dérobé sous ses pieds. L'octopode citadin s'était laissé sombrer et, laissant l'eau envahir ses poumons, le froid paralyser ses muscles, l'ombre engourdir son esprit, avait perdu presque tout espoir.

Mais on ne noie pas un poulpe. Pas plus qu'on ne l'asphyxie ou qu'on ne l'attrape sans y laisser un bout de peau. Si on veut le tuer, si on veut lui faire lâcher prise, une seule solution, le mordre entre les yeux. Or, ce céphalopode-là n'était pas prêt à se laisser croquer. Il s'était accroché à son rocher du 11e arrondissement avec toute la force de ses tentacules, résistant comme il pouvait aux courants qui voulaient l'entraîner par le fond et, finalement, à force d'entêtement, ne s'en était pas si mal sorti.

Un peu moins de dix ans plus tard, ce n'était plus qu'une tâche noire sur le fond de sa mémoire qui se perdait parmi d'autres. Des saloperies, il en avait vu un paquet, corrigé un sacré nombre et laissé passer beaucoup plus qu'il ne l'aurait voulu. Mais bon an mal an, il était parvenu à faire quelque chose de lui-même, avait vécu selon ses convictions sans y déroger et donné un semblant de sens au mot justice.

Certes, tout cela n'avait pas changé la face du monde et le peu de réconfort qu'il avait pu apporter s'était perdu dans la grisaille d'égoïsme qui barbouillait le monde. Mais il n'avait jamais été question qu'il se transforme en redresseur de torts, simplement, un coup de main désintéressé de temps à autre n'avait jamais fait de mal à personne.

Alors, devant la glace en forme de cœur détourée de moumoute rose, en faisant le compte des taloches qu'il avait distribuées et de celles qu'il avait reçues en partage, en regardant ces yeux qui n'étaient plus tellement les siens mais où brûlait toujours la fièvre libertaire qui le poussait en avant, en contemplant ce sourire qui ne reflétait pas son âge et pouvait encore faire craquer quelques minettes, il avait décidé de prendre des vacances. Des vraies. Des longues. En solitaire. Dans un coin paumé où rien ne pourrait lui tomber sur le coin de la figure.

Il avait commencé par se dire que la Laponie correspondait à ce dont il avait besoin. À moins que le centre australien… ou le cœur de la Guyane ? Et puis il s'était souvenu de cette balade, de ce petit coin de Bretagne qu'il avait découvert au cours d'une escapade, un été de colonie.

Comment s'appelait-elle déjà ? Gwenolen ? Gwenola ? En tout cas une autochtone, belle à croquer, blonde avec de longs cheveux bouclés et de grands yeux gris. Il faisait le mur du camp pour aller la retrouver sur la route où elle l'attendait sur son 103, et ils traçaient jusqu'au bord de mer. Là, ils marchaient main dans la main, sur les plages ou les grèves. Elle parlait du coin, du FLB/LNS et de Seznec, lui des barricades de Paname, de Kronchtadt et de Victor Serge.

Un après-midi, il croyait se rappeler que c'était le dernier de la colo, elle l'avait amené là. Et pour la première fois depuis qu'ils s'étaient rencontrés, il n'avait plus trouvé quoi dire. Ils étaient simplement restés de longues heures l'un contre l'autre, observant le vol des Guifettes, détaillant les vagues qui éclataient contre le granit, cherchant dans les nuages des formes improbables qui glissaient sur le ciel, se gavant de la beauté du paysage et de soleil armoricain. Et puis, le soir, elle l'avait raccompagné, avait posé sa main sur sa joue et avait murmuré un adieu en forme de baiser avant de faire pétarader sa pétrolette et de disparaître dans le premier virage.

Somme toute, une jolie réminiscence adolescente. Alors, pourquoi pas ?

Depuis plus de trois semaines maintenant, il arpentait quotidiennement ce sentier douanier, qu'il pleuve, vente ou que ça cogne. Il aurait pu se mettre à neiger que cela n'aurait rien changé. Et, curieusement, Paris ne lui manquait pas. Pas plus que ceux qu'il y avait laissé.

3

Il extirpa de sa vareuse un paquet de tabac, des feuilles à rouler, ainsi qu'un livre couvert de rouge et ornementé d'un visage façon Picasso. Il posa le tout sur le banc et entreprit de se confectionner une cibiche.

Gabriel n'avait jamais été un franc partisan du gris, pas plus que de la tige, et s'il avait parfois clopé, allant même jusqu'à accepter un joint qui tournait, il ne s'était jamais considéré comme un fumeur. Pourtant, en sortant de la gare de Lamballe, lorsqu'il était passé devant le troquet qui faisait le coin, il avait senti comme une envie de tirer une latte, une petite bouffée de plaisir bleu accompagnée d'une mousse, le coude posé sur le coin d'une table, la face baignée de soleil.

Mais il fallait se rendre à l'évidence, si ses bras lui offraient certaines facilités dans l'art d'appréhender les objets a priori hors de portée, les doigts qui les prolongeaient n'avaient jamais su confectionner un clope de façon convenable.

Il aurait pu accuser le vent qui faisait s'envoler les brins de perlot et le papier, les mouettes rieuses qui se foutaient de lui en le regardant de haut, la gomme naturelle qui ne voulait coller ailleurs que sur sa peau, mais ça n'aurait rien changé. Le résultat ressemblait à tout sauf à une sèche.

Planqué dans son col, il alluma tant bien que mal le fruit de ses activités manuelles et, se saisissant de son bouquin, l'ouvrit en expirant la première taffe de la journée.

> « Être passé de la chair à canon à la chair à consensus et à la pâte à informer est certes un progrès. Mais ces chairs se gâtent vite : la matière première consensuelle se transforme en une unanimité populiste des majorités silencieuses qui n'est jamais innocente. À ce populisme classique se greffe désormais un nouveau populisme yuppie – un techno-populisme – qui entend bien afficher sa post-modernité carnassière, prompte à digérer le best-of des biens et services de la planète. »

Gabriel secoua la tête, légèrement grisé. Il avait trouvé ce livre dans le dur, posé sur un siège et personne alentour pour en réclamer la propriété. Immédiatement, même s'il n'en connaissait pas l'auteur, le titre, *Vivre et penser comme des porcs,* lui avait plu. Il s'en était donc saisi en se proposant de le lire, puis, sur le chemin du retour, de l'abandonner afin qu'il puisse continuer son voyage entre d'autres mains.

— *Ehu Gari !* À voir ta trogne on croirait que tu as mangé un bigorneau avarié.

Le Poulpe se retourna pour regarder arriver un fier marin qui n'avait de breton que la casquette, la veste jaune et les croquenots à grosses semelles, et dont la barbe fleurissait au doux chant de l'accent niçois.

— Salut Gabriel !

— *Demat* Gabriel !

Les deux hommes se serrèrent la paluche pendant que l'arrivant posait entre eux son sac à dos.

— C'est encore ton bouquin qui te met dans cet état ?

— Ouaip.

— Alors faut arrêter la lecture gamin.

— Ben, je peux pas. J'ai fait un vœu.

— Si ça relève du rituel, je m'incline.

Il s'étira comme un chat, regarda un goéland cendré passer à quelques mètres d'eux au ras de la falaise et se concentra sur le phare et ses environs avant de jeter un œil à sa montre.

— Les touristes sont en retard aujourd'hui.

— Tu vas quand même pas t'en plaindre ?

— Oh non ! Ça nous laisse quelques minutes de tranquillité.

Le nouveau venu ouvrit son sac, en sortit une bouteille thermos rutilante, deux quarts en inox, un beurrier en plastique, une baguette qui sentait encore le four et un râtelier de couverts.

— Des fois, j'ai quand même l'impression de jouer aux petits vieux avec ces pique-niques matinaux.

— Y'a pas d'âge pour le plaisir !

Le Poulpe hocha la tête et sourit. Ils s'étaient rencontrés là le lendemain de son arrivée. Dès l'aube, à l'heure où blanchit la campagne, où les prés-salés se garnissent de vaches et de brouillard et où les poulpoïdes partent baguenauder, il s'était glissé dans ses godasses, avait enfourché la bécane achetée une bouchée de pain la veille dans le vieux garage d'Erquy et, après avoir atteint le Cap, s'était lancé sur les sentiers. Il avait spontanément aimé ce banc rongé par les vents, le sel et la mer, perdu entre les deux pointes, offrant une vue sur l'un des plus beaux panoramas du monde. Il s'était assis et s'était abîmé de longues minutes dans la contemplation de l'océan.

Au bout d'une heure peut-être, était apparu ce petit morceau d'homme, vêtu d'un pantalon de coton noir, d'une marinière, d'une paire de bottes et d'un bonnet qui cachait sa tignasse. Le breton typique, avec sa barbe blanche, ses grands yeux bleus tissés de rides, son sourire franc, ses doigts courts qui donnaient l'impression d'avoir tiré sur des boutes toute leur vie. Jusqu'à ce qu'il ouvre la bouche pour dire bonjour. Et là, c'était tout le Sud qui remontait. Les sombres bouquets d'oliviers à flanc de colline parsemés de figuiers odorants, les lauriers roses qui se bousculaient le long des rus, le thym et le romarin luttant pour pousser entre les caillasses qui craquaient au soleil, la sauge qui exhalait ses parfums entêtants, et le chant des cigales qui stridulait à vous rendre fou.

Il s'était approché du banc, avait regardé son occupant et avait souri.

— Je peux ?

— Bien sûr. C'est pas mon banc.

— Ça me ferait mal, vu que c'est le mien.

Son sourire s'était agrandi, laissant apparaître une belle rangée de grandes dents bien plantées, empêchant le Poulpe de se tromper sur le sens de sa phrase.

— En fait, je viens ici tous les matins pour boire mon café. Je me lève, je me fais mes kilomètres en regardant le jour se lever, puis je me pose là. Et je contemple. À chaque fois c'est différent, la lumière, les odeurs, les bruits, tout change. Par chez moi, comme on est un peu chauvin, on a tendance à vouloir faire croire que la Méditerranée est la plus belle mer du monde, mais quand on voit ça, on en vient presque à douter.

Il s'était assis, avait déballé son barda et tendu un quart rempli de café brûlant au Poulpe qui avait fait son timide.

— Merci, mais je ne voudrais pas vous priver.

Le Breton du Sud avait tourné son regard vers l'horizon, une main en visière, l'air de chercher quelque chose avec attention.

— Mon noir, je ne le propose pas au premier parigot venu, et le dernier malpoli qui a eu le malheur de le refuser, je crois qu'il se balade en ce moment du côté de Guernesey. Si bien sûr les courants lui ont été favorables. Dans le cas contraire, il doit se trouver au milieu de l'Atlantique.

Puis il avait pointé un doigt vers le large.

— Tenez, vous voyez le petit point noir qui flotte là-bas, je crois bien que c'est lui.

Le parisien avait rigolé et tendu ses deux mains, l'une pour serrer celle de son hôte, l'autre pour se saisir du godet en ferraille.

— D'accord, d'accord, je suis désolé, je ne voulais pas vous vexer. Je m'appelle Gabriel.

— C'est marrant, moi aussi.

— Sérieux ?

— Sérieux.

Et ils s'étaient secoué la pogne avec énergie.

4

Gabriel le Jeune qui accusait neuf années de moins que Gabriel l'Ancien, avala une gorgée de caoua bien chaud tandis que son aîné entreprenait de beurrer les tartines.

Le rituel s'était instauré au fil des jours. Le lendemain de leur rencontre, le Poulpe était venu poser ses tentacules sur le même banc, à peu près à la même heure, pour assister au réveil du monde. Il avait préparé un litre de jus, enfourné dans son sac des croissants, du beurre et un opinel, et avait enfilé le sentier, profitant de la douceur de l'aube et du ronflement de l'océan qui s'agitait à ses pieds.

Le Breton niçois était arrivé un moment plus tard, les mains dans les poches de sa vareuse, la barbe au vent, un brin d'herbe et le sourire aux lèvres. En voyant l'octopode lui tendre un gobelet fumant, son sourire s'était agrandi.

— Je me disais bien que j'avais raison de te faire confiance.

Et aujourd'hui, comme un jour sur deux, c'était son tour.

— Tiens, en parlant de plaisir, y'en a deux qu'ont dû en prendre un drôle cette nuit.

— Comment ça ?

— En passant devant le fort, j'ai aperçu une vedette de la police et une brochette d'argousins qui se donnait en spectacle devant trois matinaux. L'un des vieux avait l'air de dire qu'on avait repêché deux corps au pied de la falaise. Tiens, attrape.

Le Poulpe saisit la tartine en tentant de refréner ce picotement caractéristique qui tiraillait toujours la base de son bulbe juste avant qu'il ne se jette à corps perdu dans l'une de ses croisades. Mais son cortex n'avait jamais pu être aussi rapide que ses instincts animaux et il fut pris d'un frisson qui le secoua de la tête aux pieds.

— Accident de pêche ?

— Avec le grain qu'il y a eu cette nuit, ça risque pas. Il est fini le temps où on sortait quel que soit l'état de la mer parce qu'on devait désespérément casser la graine. Non, ces deux pauvres types ont dû tomber à la baille alors qu'ils profitaient du son et lumière.

— Mouais.

Gabriel l'Ancien laissa éclater son rire tandis que l'autre mordait dans le pain frais.

— T'as pas l'air convaincu.

— Il aurait fallu être bien allumé pour mettre les miches dehors avec ce qu'il a plu.

— Des *calus*, dans ma vie, j'en ai croisé un sacré paquet, et de ceux qui étaient capables de la chose, y'en a eu pléthore.

— Et on sait qui c'est ?

— Sans doute des *pébrons* de touristes en mal de sensations fortes. On devrait pas tarder à en entendre parler, les accidents de ce genre sont assez rares pour que ça alimente les conversations pendant quelques jours. Si ça t'intéresse, t'auras juste à aller traîner ta carcasse dans un rade à l'heure de la sieste et tu auras un résumé complet de la situation.

Le Poulpe jeta un œil dubitatif du côté du fort et prit une profonde respiration. Son intuition ne l'avait que rarement trompé, surtout pas celle qui le mettait en travers du chemin de malfaisants en tout genre. Deux mecs qui tombent à la flotte par une nuit de tempête dans un coin pareil, y'a pas à chercher, ça pue comme un poisson échoué depuis trois jours par grande chaleur.

Il paraissait que ses vacances allaient prendre un drôle de tour.

5

L'avantage de la morte saison dans ces petits coins de Bretagne nord, c'est qu'on est rarement gêné par la foule qui, durant l'été, vient se battre pour poser sa serviette et son parasol sur deux mètres carrés de sable, puis lâche ses marmots armés de sel fin sur les couteaux qui, eux, n'ont rien demandé à personne, surtout pas à ce qu'on leur fasse croire que la marée est remontée alors que non.

Gabriel étira ses immenses jambes, posa son bouquin sur la table et contempla le Boulevard de la Mer aussi vide que la cervelle de Gérard lorsqu'il a décidé qu'il a raison. À part un vieux journal qui jouait avec le vent, sa Guzzi 850 California rouge profond garée sur le trottoir, une vieille dame promenant son teckel fumé et un couple d'étudiants profitant des derniers jours de repos avant de réintégrer la fac et ses manifs, il n'y avait pas un chat sur le front de mer. On aurait presque pu croire que Saint-Cast-le-Guildo avait été abandonnée, si ce n'était ce fameux petit bar où il était, pour l'heure, le seul client.

Il se retourna pour regarder Stanley-double-mètre, les bras croisés sur son tablier, l'épaule contre le chambranle, un clope au bec, regardant vers le large.

La première fois qu'ils s'étaient croisés, c'était à Douarnenez, pendant le festival de cinéma, alors que Chéryl, amoureuse d'un beau Kabyle, était dans la panade[1]. L'Aborigène, lui, était venu avec ses compagnons pour présenter un film et parler de ce que subissait encore son peuple. Il n'avait jamais pu quitter les terres bretonnes.

— Tu comprends, lorsque je suis parti dans le *bush* pour devenir un homme, j'ai appris les paroles qui guident sur les pistes, j'ai suivi le chemin que les Ancêtres avaient emprunté quand ils ont fait surgir le Monde et j'ai chanté mon Rêve. C'était un animal incroyable qui se faufilait entre les rochers, se dressait sur ses pattes arrière pour me regarder. Son dos était brun comme la terre des côtes, son ventre aussi blanc que celui de *Waagal*, et sa queue se terminait par une pointe noire comme ma peau. Mais, de temps à autre, je voyais son pelage devenir entièrement blanc, sauf le bout de la queue. J'ai chanté longtemps pour le rencontrer, et la piste que j'ai suivie pendant mon *walkabout* m'a amené de

1 cf. *Babel Ouest/Babel Hag a-dost*, Gérard Alle, n°239.

l'autre côté du Monde. J'ai traversé la lande pour arriver ici, à *bullamakanka,* sur la plage de la Pissotte. Alors je l'ai vu, dressé sur ses pattes, décortiquant consciencieusement un crabe. Et j'ai su que je pouvais m'arrêter.

— C'est pour ça que tu as appelé ton rade *L'Hermine d'Uluru ?*

— On ne peut rien te cacher.

Et Stanley avait fait éclater son sourire.

— Tu me remettrais une mousse steupl' Stan ?

— Tu veux continuer à la blonde ou tu veux passer à la brune ?

— Ouais tiens, une brune.

— Une Olde Breizh ?

— Envoie !

Stanley rentra sa crinière et sa barbe blanche, s'enfonça dans l'ombre du bar. Gabriel le suivit des yeux et devina la silhouette de la Femme bleue, accoudée au rade, son éternel verre de chouchen posé devant elle. Dans une autre vie, elle s'était appelée Fransœz Quémeneur et avait été secrétaire à la capitainerie du port de Dinard. Mais la crise maritime lui avait fourni une résidence permanente sur le piano et la couperose qui violaçait son visage, une autre identité.

Le barman revint quelques instants plus tard, une pinte de bière aussi noire que son épiderme à la main et un sous-bock coincé entre les doigts.

— Spécialité de la région, brassée à la brasserie des Diaouligs. Tu feras attention, elle tape un peu.

Et il reprit sa place, le long de la porte.

Gabriel entreprit de confectionner son second clope de la journée et éprouva les mêmes difficultés que le matin. L'Aborigène le regardait faire, un petit sourire aux lèvres.

— Besoin d'un coup de main ?

— Tu sais faire ça ?

— Pas de problème.

Il attrapa le tabac et la feuille, fit rouler le tout entre ses doigts, passa un léger coup de langue et tendit le résultat au Poulpe qui ne put s'empêcher d'afficher une moue dépitée.

— Ça a l'air tellement simple quand on te regarde faire.

— Si t'avais grandi dans le *bush,* toi aussi tu saurais. Quand j'étais gosse, on n'avait pas de tabac, c'est les grands et les anciens qui y avaient droit. Alors on se fabriquait des cigarettes avec de l'herbe sèche et des vieux bouts de papier qui traînaient et on allait fumer en cachette au bord du *billabong.* Après, on était tous malades. C'était drôle.

Gabriel sourit et plongea ses lèvres dans la mousse épaisse et amère qui fit comme une petite moustache sur sa lèvre supérieure. Puis il alluma sa tige.

— Tu as entendu parler des deux types qui sont tombés à la mer ce matin ?

Le visage de Stanley devint grave, presque triste et le Poulpe comprit qu'il entrait de plain-pied dans les embrouilles.

— Bien sûr.

— Tu les connaissais ?

— Tout le monde les connaissait ici.

— C'était qui ?

L'Aborigène poussa un long soupir et fit un petit geste agacé, de ceux que l'on fait à un enfant qui bavarde trop.

— Tu sais, là d'où je viens, on ne parle pas de ceux qui sont morts et on ne mentionne pas leurs noms. Il faut éviter que leurs âmes ne s'attachent à ceux qui sont restés. Autrement, elles ne rejoindront jamais Jukurpa.

— Je me demande juste ce qui leur est arrivé.

— Ils sont tombés, c'est tout.

Il avait dit ça d'une voix douce mais sans appel, avant de retourner astiquer son comptoir d'un pas tranquille. Le Poulpe lança un petit sourire contrit à l'océan qui remontait vers la plage et avala une gorgée de bière. Il ne savait pas bien si l'amertume qui emplissait sa bouche était due au breuvage qui y coulait ou à la tristesse évidente de Stanley.

6

Une voix grave et éraillée par des années d'alcool le tira de sa rêverie et lui fit tourner la tête.

— Faut pas en vouloir à Stanley, il est bouleversé.

La Femme bleue tira une chaise à elle en clignant des yeux et s'effondra dessus avant de poser son verre dans un claquement sec.

— Ils s'appelaient Loïc et Dilek, des stars du coin, les paparazzis en moins. Ils étaient gardes de la Réserve naturelle et ornithologique du cap Fréhel, avaient en charge la restauration de la lande, l'entretien des sentiers, la protection des oiseaux, ce genre de choses.

Gabriel se rappela les avoir croisés une fois ou deux au zinc. Un grand type brun et sombre accompagné d'un petit blond frisouille avec une éternelle banane entre les oreilles.

Elle se pencha, ou plutôt se vautra sur la table en plastique, et souffla son haleine chargée d'alcool dans les naseaux du Poulpe qui frôla le coma éthylique en respirant une bouffée saturée en miel de sarrasin fermenté.

— Mais ils étaient surtout connus pour leurs engagements. C'étaient des grandes gueules, le style de gars qu'on retrouve en tête de tous les cortèges, qui prennent fait et cause pour ceux qui galèrent. Et s'ils n'avaient pas été là quand Stanley est arrivé, il serait certainement en train de faire la manche quelque part dans les rues de Saint-Brieuc.

Elle laissa courir ses doigts déformés par l'arthrite sur la bakélite qui partait en poussière, tandis que le Poulpe digérait l'information. *Exit* le couple de touristes venu assister en *direct live* à un grand show 100% naturel avant de se prendre les pieds dans une racine et d'effectuer le grand plongeon. Et il comprenait du même coup le visage grave de l'Aborigène.

— Il y en a une autre qui doit pas être à la fête, c'est la petite Korydwen. Enfin quand je dis petite, c'est par rapport à moi hein, elle doit bien tirer sur sa quarantaine. Sûr qu'avec mes soixante-treize printemps, c'est toujours plus jeune.

— La vache, vous les faites pas !

— C'est le chouchen gamin, ça conserve.

— Et c'est qui cette Korydwen ?

— La copine de Loïc. Elle est serveuse ici, mais seulement le ouiquend, histoire de filer un coup de main quand il y a du monde. Elle doit préparer les meilleures crêpes des Côtes-d'Armor. Le reste du temps, elle écrit des bouquins.

— Des bouquins ?

— Ouais, des trucs qui plaisent aux femmes et qui rapportent. T'as pas lu *Rencontre à Pléboulle, Erquy la rose* ou *Coup de chauffe à Saint-Potan ?* Korydwen Le Guern elle s'appelle. C'est *la* gloire du coin, si tu comptes pas Bernard Hinault bien sûr, qu'était plus du côté d'Yffiniac, mais c'est pareil, c'est la région.

Gabriel se rappela une jeune femme au visage fin sous des cheveux en bataille et noirs comme un plumage, un tablier autour de la taille, portant cinq assiettes en même temps et zigzaguant au milieu des soiffards avec légèreté.

Il se rappela aussi avoir vu un de ses bouquins sur la table de nuit de Chéryl, cadeau d'un représentant

Dolce et Gabbana un peu trop entreprenant à son goût, et qui avait fini sa nuit la tête dans un container de la Ville de Paris, son costard ruiné de détritus en tout genre. En regardant la couverture, il avait cru que ça tirait plus sur le porno que sur l'eau de rose. S'il avait su que le larbin était un romantique…

— Ce qu'il y a de drôle c'est que quand les Siamois sont arrivés dans la région…

— Les Siamois ?

— C'est comme ça qu'on les appelait, Loïc et Dilek les Siamois. Faut dire qu'ils faisaient tout ensemble, ils bossaient, habitaient, gueulaient,…

— Couchaient ?

— Ah ben non, c'est là que je voulais en venir. Nous au départ, on croyait qu'ils étaient de la jaquette, normal, tu pouvais pas en croiser un sans croiser l'autre. Mais quand Loïc s'est mis à la colle avec Korydwen, on s'est aperçu qu'ils étaient hétéros tout qu'il y a de plus classique et même de sacrés lapins.

Elle marqua une pause pour vider son verre et s'aperçut qu'il l'était déjà. Elle le leva et quelques secondes plus tard Stanley arrivait avec une bouteille qu'il posa sur la table, évitant leurs regards.

Elle enfila sa rasade cul-sec et s'essuya la bouche avec sa manche.

— Ahhhh ! Ça fait du bien, mais c'est plus ce que c'était. Avant, je te parle d'il y a trente ans hein, tu buvais quatre verres et tu partais en arrière, paf !

dans les vapes. Tu te cassais le crâne par terre. À cause du venin des abeilles qui restait dans le miel avec le dard et qui remontait directement au cervelet. Maintenant, avec leurs satanées normes d'hygiène, c'est toujours bon, mais terminée l'ivresse. Tu vomis avant !

— Pas vous apparemment.

— Moi, ça fait presque soixante ans que je bibine, alors t'inquiète, j'ai de l'avance.

— Et Korydwen ?

— *Gast !* Tu perds pas le nord toi !

— C'est juste que je m'intéresse.

— Ben il n'y a pas grand-chose de plus à en dire, sinon qu'elle doit être bien mêlée.

Le Poulpe avala une gorgée de bière en laissant traîner son regard sur le boulevard. Le soleil descendait tranquillement vers l'ouest et quelques jeunes commençaient à faire pétarader leurs mobylettes sur le bitume.

— Et ça n'a jamais foutu le bordel dans leur couple ces histoires de filles ?

— Comment ça ?

— Vous savez ce que c'est, généralement, une relation aussi forte, quand un troisième vient se mettre au milieu, ça crée des tensions.

La Femme bleue plissa les yeux et se rencogna contre le dossier en plastique, laissant pendre ses bras contre ses mollets.

— Non, je ne sais pas bien ce que c'est, non. Si j'avais connu ce genre de truc, je serais pas en train de téter la boutanche du soir au matin. Mais je veux bien essayer de faire un effort d'imagination. Et pour ce que j'en sais, même si j'étais pas bien intime avec eux, ça n'a jamais posé de problèmes.

Un peu mal à l'aise, sentant qu'il s'était trompé de voie, Gabriel botta en touche et changea de sujet alors que sa compagne éclusait un nouveau verre.

— Quand vous dites qu'ils étaient engagés…

— Ouais ?

— Vous voulez dire…

— Écoute gamin, je sais pas ce que tu cherches au juste, mais tu devrais laisser tomber. Je suis trop maligne pour pas voir un mec qui fonce tête baissée dans les ennuis. Par ici, les gens aiment pas qu'on pose des questions. Si tu connais un peu les Bretons, tu dois savoir qu'on est des taiseux, des têtes de pioches et qu'on donne pas notre confiance facilement. Ça fait trois semaines que tu traînes ta bonne tête de parigot dans le coin, tu payes ta tournée de temps en temps et t'as l'air plutôt sympa. Mais c'est pas pour ça que tu peux mettre ton nez dans nos affaires. Dilek et Loïc, on les aimait bien. Tous. Et leur mort c'est un sacré coup en travers de l'artichaut. Alors laisse-nous digérer !

Le Poulpe se pencha en avant, les yeux devenus si noirs que la Femme bleue recula encore un peu.

— Ce que je cherche, c'est à comprendre. Comprendre comment deux types qui devaient connaître la lande et ses sentiers comme leur poche ont bien pu dégringoler de la falaise par une pleine nuit de tempête sans qu'on paraisse se poser plus de questions que ça.

— Et qui te dit qu'on s'en pose pas ?

7

La soirée avait été sans grand relief. Même l'océan, avec le changement de marée, était devenu grisâtre. Les quelques personnes qui avaient accosté au zinc y avaient traîné leur abasourdissement, mais on était surtout venu là pour boire un coup ensemble à la mémoire des disparus, pas pour conjecturer.

Le Poulpe, se sentant de trop, avait soulevé sa carcasse et ses tentacules, enfourché sa moto, puis rejoint ses pénates, à Plévenon, en passant par les petites routes.

Les quelques informations qu'il avait réussi à glaner étaient maigres. On avait retrouvé les corps désarticulés à l'à-pic du fort, les vêtements déchirés, la chair labourée par les vagues et les rochers. Tout portait à croire qu'ils étaient tombés un peu plus loin, sans que l'on sache très bien où et comment, vraisemblablement en direction du cap Fréhel et que les courants les avait portés jusque sur cette petite crique.

Simple accident ou banal suicide ? Pour l'instant, rien ne permettait de répondre à cette question, même si leur présence sur la lande à une heure avancée de la nuit tendait en faveur de la seconde solution.

Mais si le céphalopode était plus célèbre pour son art du camouflage que pour la finesse de son flair, le sien n'avait jamais trahi Gabriel. Il n'avait donc aucune raison de ne pas lui faire confiance une fois encore.

Grâce aux renseignements récoltés dans l'antre de Stanley, il était parvenu à apprendre que les deux gardes avaient vécu dans une dépendance du manoir de la Menardière, à La Latte, en bordure du parking qui surplombait le fort. Une visite nocturne s'était rapidement imposée comme la possibilité d'étancher sa curiosité maladive et salvatrice. Il ne restait qu'à espérer que les pandores ne soient pas encore venus mettre le nez dans leurs affaires.

Il traversa le jardin détrempé par la pluie de la veille, courbé en deux, se plaquant contre les arbres. L'une des fenêtres de la vieille demeure laissait filtrer de la lumière et il pouvait apercevoir au travers des rideaux mal tirés une bibliothèque couvrant un pan de mur. Il attendit un moment, surveillant le moindre mouvement dans l'ombre, remerciant le ciel de s'être couvert pour lui offrir un abri plus sombre.

Rassuré quant à l'activité des maîtres des lieux, il traversa une longue bande de gazon coupée par une allée de gravier, en priant pour qu'aucun chien ne rôde dans les environs et, parvenu à la haie qui séparait le manoir de ses dépendances, poussa la grille qui s'ouvrit sans grincer.

La maison était typique des demeures de la région. Basse, sur un seul niveau, les murs en blocs de granit, le toit couvert d'ardoises, entourée de massifs d'hortensias et de tamaris, elle se fondait dans le paysage. Tout autour, la pelouse était entretenue et un petit chemin menait, au fond du jardin, à un hangar.

Gabriel s'approcha de la porte au montant arrondi et, après une inspection rapide, émit un petit soupir de soulagement. Comme espéré, la maison poulaga n'avait pas encore investi les lieux ni posé de scellés, il allait pouvoir entrer et fouiller en toute tranquillité. Il s'assura que la baraque était dépourvue d'alarme, même la plus simple, puis entreprit de forcer la serrure.

Dans ce coin encore préservé de la paranoïa citadine et de l'invasion des braqueurs de toutes espèces qui poussaient les habitants à se munir de digicodes, caméras et autres relais de sécurités, il ne s'agissait que d'un simple verrou, largement insuffisant quand on a été élevé par un oncle quincaillier et un vieil anarchiste catalan. En entendant sauter le pêne, il ne put s'empêcher de sourire et de penser à ces heures passées dans la cale de la péniche de Pedro, le regardant ouvrir et refermer toutes sortes de cadenas ou fermoirs avec deux bouts de fil de fer et un canif.

À l'intérieur, la lumière de sa frontale révéla un grand salon avec, sur la gauche, une cuisine équipée agrémentée d'un bar à l'américaine. Au milieu de la pièce, devant une cheminée où aurait pu rôtir un mouton, trônaient deux fauteuils entourant une table basse encombrée par des magazines, et, au sol, trois poufs. Un homme debout, un buffet bas, un lit clos et une bibliothèque débordante constituaient le reste de l'ameublement. Le tout était recouvert de plantes arrosées par un système de goutte-à-goutte qui faisait le tour de la pièce.

Le Poulpe procéda à une inspection rapide mais attentive avant de s'engager dans le couloir qui alimentait le reste de la maison en pièces. Il y trouva une salle de bain, des toilettes, deux chambres et un bureau. Il s'était attendu, en pénétrant la demeure de deux célibataires, à y trouver une sorte de joyeux désordre. Or, partout régnait un ordre tel qu'on aurait presque pu se croire dans une caserne. Les lits étaient faits, les vêtements rangés, les produits corporels alignés le long de la baignoire, le burlingue, où reposait un ordinateur, dépourvu de tout papier, bref, rien ne dépassait.

Après avoir visité les chambres, soulevé quelques piles de fringues, tiré quelques livres et bandes dessinées de leurs étagères, il décida de se concentrer sur le bureau qui, comme le salon, était envahi par la verdure.

Il ouvrit les tiroirs et les inspecta patiemment. Les très nombreux dossiers qu'ils contenaient étaient divisés en deux catégories, personnels et professionnels. Les premiers recelaient papiers administratifs et autres plaisirs du genre. La rigueur qui y régnait correspondait à l'ambiance de la maison. Les seconds étaient remplis de copies de rapports, devis, contrats et factures.

L'un d'eux pourtant, bien plus épais que les autres et enfoui au fond comme si on avait voulu plus ou moins le dissimuler, attira son attention. Il s'agissait de données topographiques, géographiques ou géologiques, sur une petite langue de terre située à quelques kilomètres du vieux bourg de Pléhérel.

De nombreux avis d'experts, frappés du sceau de l'administration française, venaient gonfler la chemise de carton sur des sujets aussi divers que l'acidité des sols, la bonne santé des arbres, la nidification des oiseaux migrateurs ou les difficultés de procéder à l'installation de nouvelles canalisations sur cette portion de terre.

Gabriel fronça les sourcils. Ce dossier avait été bien plus travaillé que les autres, de nombreux paragraphes avaient été biffés, d'autres soulignés, surlignés, encadrés de rouge. Et pourtant, rien là-dedans ne semblait se rapprocher, de près ou de loin, de la mission des Siamois. Qu'est-ce que des documents, plutôt destinés à un employé de mairie chargé de l'aménagement urbain qu'à deux gardes de la Réserve naturelle et ornithologique du cap Fréhel, faisaient là ? Il le referma et le rangea dans sa besace.

En ayant terminé avec les tiroirs, il entreprit de fouiller l'ordinateur. Il tâtonna un moment dans la session de Dilek, ouvrant des dossiers, consultant des rapports sur l'état de la lande, des demandes de subventions et une boîte mail presque vide, sans rien trouver d'intéressant.

Déçu, il changea d'utilisateur pour se concentrer sur Loïc. Là aussi, peu de choses concluantes, des rapports concernant les rochers de la Petite et la Grande Fauconnière, un organigramme de la branche armoricaine de la LPO et un début de roman, sorte de polar fantastique commençant à New York, quelques mois avant le 11 Septembre.

Il fermait toutes les fenêtres quand une erreur de clic lui fit ouvrir les courriers indésirables de la boîte mail. Le dernier des messages, qui apparemment n'avait pas été lu, intitulé t'inquiéte, je t'aurais, l'intrigua. Il contenait un texte laconique dont les données laissaient peu de doute quant à la tendresse que l'auteur, anonyme, vouait au destinataire : « T'as intérét à profité de l'autonne, parce que tu passera pas l'hiver ». Deux autres, du même tonneau, l'avaient précédé à quelques jours d'intervalle.

Le Poulpe passa une main sur son visage avant de s'étirer. Si ces messages ne prouvaient pas grand-chose, c'était déjà un début. Il se trouvait au moins une personne qui aurait pu aider Loïc à faire le grand saut.

Le problème était maintenant de savoir qui. Les textes, non signés, ne permettaient pas d'identifier leur rédacteur, pas plus que l'adresse d'envoi, et vu son niveau en informatique il était bien incapable de découvrir l'IP de cet adepte de l'orthographe tarabiscotée.

Il éteignit l'ordinateur, fit bien attention à tout remettre en place et sortit de la maison. En repassant le portail qui reliait le terrain à celui du manoir, il se tourna vers le hangar. C'était là que devaient se trouver leurs outils de travail et le matériel d'entretien nécessaire à la bonne tenue de la lande. Il ne contenait peut-être pas grand-chose d'intéressant, mais ça valait toujours la peine de jeter un coup d'œil.

En plein milieu, un gros 4X4 frappé aux couleurs du parc, prenait une bonne partie de la place. Il était entouré d'un tas de pelles, pioches, tondeuses, filets de chanvre, binettes, rouleaux de grillage, tronçonneuses, cordes, piquets, échelles et autres ustensiles. Au fond, une porte donnait sur un chemin rejoignant la route.

Au contraire de la maison, ce garage était une sorte de capharnaüm sentant la tourbe et le pétrole, et donnait une véritable impression de vie. À la lueur de sa lampe, Gabriel en fit un tour rapide, soulevant des bâches, poussant le plus silencieusement possible les objets qui l'entouraient, ouvrant les boîtes et les coffres. C'est en soulevant un sac qui lui parut plus lourd que ses congénères qu'il tomba sur la poule aux œufs d'or.

Perdu au milieu de quinze litres de semences, emmailloté dans de la cellophane, se planquait un

Taurus PT 845. Il plongea son bras plus profondément encore et en sortit un deuxième, puis un troisième. Il s'engagea alors dans une fouille plus ou moins systématique et après quelques minutes, il avait de quoi armer un petit groupe bien décidé. Deux Uzi, trois Manhurin MR73, dix pains de C4 et leurs détonateurs, une douzaine de grenades, une demi-douzaine de couteaux de chasse, les trois automatiques qui ressemblaient à des canons, une belle provision de munitions et vingt mille euros en grosses coupures.

Là, ça faisait plus que sentir le prout au jus, ça commençait à schlinguer joliment. Et l'image des deux gardes sympathiquement engagés dans la défense de l'environnement et de leurs concitoyens en prenait un coup. Gabriel enfouit le premier pétard qu'il avait trouvé ainsi que quelques chargeurs dans sa besace, le recouvrit avec l'argent, rangea le reste du mieux qu'il put, jeta les sacs au fond du hangar et posa par-dessus un nombre conséquent d'outils avant de s'éclipser par le chemin qui traversait la lande.

S'il avait eu un vague espoir que ses vacances ne soient pas foutues, il venait de mourir sans absolution.

8

— Et qu'est-ce que tu avais besoin d'aller fourrer ton nez là-bas *paillassou* ?

Gabriel l'Ancien donna un coup de dent rageur dans sa tartine et l'accompagna d'une rasade de café. Quand il s'emportait, son accent devenait presque compact.

— Me dis pas que ça te paraît pas louche quand même ?

— Quoi, les flingots ou les *nistons* à la baille ?

— Les deux !

— Mais qu'est-ce que ça peut bien te foutre ? T'es devenu flic ?

Gabriel le Jeune faillit renverser son jus sur ses pantalons en faisant un grand moulinet du bras.

— Ah mais, m'insulte pas en plus !

— N'empêche que j'arrive pas à comprendre pourquoi t'as besoin d'aller remuer les cagades des autres !

— Parce que si c'est pas moi qui le fais, personne ne le fera !

— *Bruta pétan !* Pourquoi tu laisses pas les cognes faire leur boulot ?

Le Poulpe se figea, une belle envie de lui coller une mandale au bout des doigts. À ce moment, le Niçois ressemblait tant au patron du *Pied de Porc à la Sainte-Scolasse* que c'en était saisissant.

— Bon, que tu m'insultes passe encore, mais que tu me prennes pour un con, ça commence à bien faire, hein !

— Pourquoi tu ne veux pas admettre qu'il s'agit d'un suicide ?

Le parigot donna un coup de pied dans un caillou qui s'envola vers l'océan.

— Parce que c'en n'est pas un, voilà ! Quand on se suicide, on laisse une lettre pour s'expliquer. Et s'ils avaient vraiment voulu se foutre en l'air, ils avaient tout le matériel dans leur garage. Pas besoin d'aller se balader sur les sentiers un soir de tempête et se jeter dans le vide main dans la main.

L'Ancien poussa un profond soupir exaspéré.

— Eh ben peut-être qu'ils n'avaient pas envie de saloper les murs en se faisant exploser le caisson !

— La vache ! T'es vraiment le champion de la mauvaise foi ! Il faut que je te présente à Gérard, vous allez vous entendre comme larrons en foire.

— Bon, alors, admettons qu'ils n'aient pas sauté tout seuls, qui est-ce qui les auraient poussés ? Le Président ?

— J'en sais rien Gabriel. Mais ce ne sont pas des pistolets à eau que j'ai trouvé dans les sacs, c'est des trucs à donner à la Bretagne des airs de Panshir. Et les trois mails qui restaient dans la boîte de Loïc n'avaient rien de faire-part avec des petits cœurs. Alors que tu le veuilles ou non, vos sympathiques défenseurs des oiseaux étaient trempés dans une sacrée mouise.

Gabriel l'Ancien tira pensivement sur le lobe de son oreille droite et termina sa tasse en regardant un fulmar raser les vagues.

— Tiens, remets-m'en une lampée. Bon, admettons. Pourquoi, dans ce cas, les poulets vont raconter qu'ils se sont balancés à la flotte ?

Il fouilla dans son sac et en sortit le numéro de *Ouest France* du matin. En première page et gros titre, « Double suicide au cap Fréhel », et suivait un article qui reprenait les meilleures phrases du commissaire divisionnaire Negarec, racontant comment deux gardes de la Réserve, bien connus des habitants de la région tant pour leur travail que pour leurs engagements sociaux, appréciés de tous, s'étaient donné la mort pour une raison encore inconnue, en sautant de la falaise pendant la nuit.

— Qu'est-ce que tu veux que je te réponde ? Pour moi ça pue. Des menaces, des flingues, la baraque des deux morts qui n'est pas fouillée et devant laquelle ne stationne même pas une camionnette de la gendarmerie, une lettre d'adieu qui n'existe pas… Ça fait trop.

— Ah d'accord ! Parce que les flics sont dans le coup maintenant ?

— J'ai pas dit qu'ils étaient dans le coup, je dis qu'ils ne sont pas là où ils devraient être et qu'ils racontent ce qu'on leur a dit de raconter.

— Décidément, tu vois le mal partout !

— Mais il *est* partout !

— Je te préviens Gabriel, à enculer les poules, on finit par casser les œufs.

— Ce qui veut dire ?

— Qu'une bonne omelette, ça se fait dans une poêle.

Le Poulpe leva ostensiblement les yeux au ciel.

— N'importe quoi, lui.

— Écoute, cette *emboucane,* telle que tu me la racontes, elle est trop grosse pour ici. Dans mon Sud, où on est tous à moitié truand, ou à Paris où ils le sont entièrement, je pourrais y croire. Mais ici ? Les gendarmes, hormis deux ou trois qu'on envoie de la capitale pour civiliser les sauvages, ils sont tous du pays. C'est des neveux à Quentric ou à Queffélec, des têtes dures, des types que pour trouver des plus têtus, il faudrait aller à Aubagne. Alors va donc essayer de leur faire raconter des trucs qu'ils n'ont pas envie de dire. S'ils te disent que c'est un suicide, c'est que c'en est un. Crois-moi.

Gabriel le Jeune soupira, but une gorgée de café qui commençait à prendre un petit goût salé dans le vent marin, et secoua la tête.

— Et les pétards, ils devaient servir à quoi ? À animer le 14 Juillet ?

— J'en sais rien. J'en sais foutrement rien. Et c'est bien le truc qui me tracasse.

Le Poulpe termina sa tasse en souriant presque, laissant couler une larme de café le long de son menton.

9

Le samedi soir, le boulevard s'animait un peu et on pouvait voir les jeunes de la région, de Plurien à Saint-Jacut-de-la-Mer, débarquer sur leurs bécanes et faire le tour des trois rades encore ouverts, histoire d'oublier la semaine de lycée avant d'en attaquer une autre.

Gabriel, contraint d'abandonner la terrasse à cause d'un petit vent que sa vareuse et sa casquette *Ramones* ne parvenaient plus à endiguer, avait posé ses tentacules dans un coin de *L'Hermine d'Uluru,* sous un filet de pêche, et sirotait une *Gwilh.* Il avait sorti son bouquin et, tout en lisant, guettait du coin de l'œil les allées et venues de Korydwen qui, contre toute attente, assurait son quart.

Lorsqu'elle était entrée, un couple d'heures auparavant, tous les regards s'étaient tournés vers elle et un doux silence était tombé. Stanley avait contourné le bar, l'avait entourée de ses bras immenses avant de la serrer contre lui et chacun y était allé d'une tape amicale sur l'épaule ou d'une caresse sur la joue, sans prononcer un mot. Elle avait essuyé ses larmes, esquissé un sourire et poussé la porte de la cuisine pour prendre son service.

Depuis, les conversations avaient repris, le maître des lieux poussé la musique qui enchaînait morceaux traditionnels au didgeridoo et à la bombarde, et on entendait s'entrechoquer les verres lorsque arrivaient les tournées. Des lycéens avaient attaqué un concours de descente, un quintette de touffes blanches avait entamé une partie de tarot et, dans le coin opposé au Poulpe, les balles claquaient dans les cages de l'antique baby-foot.

Gabriel se redressa et fit jouer ses cervicales. À force de se plonger dans ce livre, il finissait par attraper le tournis. Il avait bien essayé de prendre autre chose, mais il n'était parvenu à entrer dans rien, pas même dans un bon Arthur Keelt ou un Jean-Baptiste Botul. Il avait aussi pensé à embarquer le dossier trouvé chez les Siamois, mais s'était dit que ce n'était pas franchement une bonne idée de potasser ça en public. Alors, il avait décidé de se battre avec ce texte, jusqu'à lui faire cracher ses dernières dents, que l'animal avait sacrément pointues.

> « Comme champ de rationalité socio-économique, le marché implique la mise en évidence d'une équivalence des Robinsons, d'une "égalité" appréciée du point de vue de la détresse et de la férocité. Cette mise en évidence est cruciale : tant qu'elle n'est pas établie, la férocité et la détresse demeurent "irrationnelles". »

Il leva les yeux sur les deux drapeaux accrochés au plafond, le *Gwenn ha Du* et celui aux deux bandes, noire et rouge, frappées d'un cercle jaune au centre. La concomitance de ces symboles pouvait-elle contribuer à faire disparaître une égalité factice, dépendant du politique mercantile, au profit d'une égalité réelle, reposant sur le social libertaire ?

Il secoua la tête et soupira en terminant sa bibine.

— Je commence à raconter n'importe quoi. Faut que je fasse gaffe, je vais finir comme Gérard.

Une ombre s'approcha de lui et une main tenant un torchon se posa sur la table.

— Vous parlez toujours tout seul ?

Korydwen le regardait, curieuse, affichant un petit sourire de façade. Derrière ses yeux, qu'elle avait tenté de rendre présentables d'un coup de crayon noir, il pouvait lire toute la tristesse du monde.

— Seulement quand je ne comprends pas ce que je lis.

— Moi, dans ces cas-là, je laisse tomber.

— Ben, je peux pas. J'ai fait un vœu.

— Vous avez essayé la chapelle de Sainte-Blanche ?

— L'Eternel et moi avons un contentieux sévère depuis que j'ai voulu me faire héberger dans un de ses monastères[1]. Et je ne suis pas certain qu'un de ses larbins, fût-il une femme, accepterait d'intercéder pour moi.

— Il ne vous reste plus que la Diaoul.

— Blonde ?

— Ambrée.

— Locale ?

— Comme tout le reste.

— Et qu'est-ce que vous me proposez pour l'accompagner ?

— Vous aimez les défis ?

— J'adore !

---

1 *Certains l'aiment clos*, Laurent Martin, n° 257.

— Alors une galette miel-Pont l'Evêque, ça réveille les papilles.

— Je tente l'expérience.

Elle passa un coup de chiffon sur le bois, embarqua la pinte vide et se dirigea vers la cuisine en glissant la commande à l'oreille de Stanley.

Lorsque la porte se referma sur elle, il se laissa aller dans le fond de la banquette, étendit ses bras le long du dossier et rendit leur regard à ceux qui, depuis un moment et le bout du comptoir, ne cessaient de le fixer de côté.

L'un, le visage dissimulé par une casquette crasseuse, ne laissait voir que ses yeux soulignés d'énormes cocards et surmontés de *barbells*. L'autre était affublé d'un crâne pourvu d'autant de cheveux dessus qu'il devait y avoir de neurones dessous, la mâchoire prognathe, le nez quatre fois cassé et le sourire de guingois. Ils le dévisageaient en toute méchanceté sans même tenter de se dissimuler.

Gabriel releva le menton et écarta ses mains en signe de questionnement. La tête de skin fit alors tomber ses paupières à la Eastwood et retroussa ses babines dans un rictus agressif. Ça sentait bon la testostérone en mal de sensations et le Poulpe fit jouer ses articulations.

Il n'avait a priori rien contre ces gars qu'il n'avait jamais vus, mais eux semblaient lui avoir une dent ou à tout le moins vouloir en découdre. Ils s'étaient d'ailleurs levés dans un parfait ensemble, repoussant leurs tabourets qui tanguèrent, et avançaient vers lui d'un pas qu'un marin aurait qualifié en termes peu amènes.

Le premier était grand, à peu près autant que Gabriel, et devait avoisiner les quarante balais. Les pattes lui mangeant les joues, une barbe de deux jours au menton, les cuillers comme des battoirs, les bras couverts de poils et la salopette de cambouis, il aurait pu faire peur à n'importe qui d'autre. Mais à force de fréquenter les rades et les êtres qui les peuplent, on finit par reconnaître ceux qui pourront vous aligner et ceux qui, trop bourrés, flanqueront leur premier coup de poing dans le mur. Le second en revanche avait quelque chose de plus vicieux dans la démarche, une certitude froide qui laissait croire qu'il tapait vite et fort, comme un couteau rentrant dans de la chair tendre.

Le grand mec posa sa main aux phalanges couvertes de croûtes à peu près où Korydwen avait posé la sienne et pointa un doigt vers le nez du Poulpe tandis que son comparse, sortant les mains de ses poches, se décalait sur la droite, bloquant le passage. À son haleine veloutée, on pouvait affirmer en toute certitude qu'il ne suçait pas que de la glace.

— Tu me cherches mec ?

— Pas le moins du monde.

— Parce que si tu me cherches, tu vas me trouver.

Derrière, les conversations avaient commencé de diminuer et Stanley avait fait le tour de son bar. Gabriel leva un doigt discret pour l'empêcher de s'approcher.

— Je ne te cherche pas.

— Alors pourquoi tu parles à Korydwen ?

— Je ne savais pas que c'était interdit.

— Maintenant tu le sais, alors tu t'approches plus d'elle.

— Et t'es qui au juste ? Son chaperon ?

Les yeux noirs s'agrandirent comme ceux d'un type qui s'assied et se retrouve sur le cul sans comprendre qui lui a retiré son tabouret, et une main velue s'envola pour ne rencontrer qu'une casquette vide. Le Poulpe se redressa, attrapa un bras, une oreille, et força la tête à rencontrer le bois de la table qui craqua avant de se renverser. Dans le même mouvement, il balança un coup de pied retourné là où devait se trouver l'estomac de son autre adversaire. Mais sa jambe fut bloquée par un bras noueux et une douleur sourde fusa dans son tibia. Le temps qu'il se rétablisse, un poing se dirigeait vers sa tempe. Il se laissa glisser sur le sol, faucha les jambes à hauteur des genoux et se releva en même temps que son adversaire tombait, la tête cognant sur le sol. Autour d'eux, le silence s'était fait.

Le Poulpe remit le premier type sur pied en l'attrapant par la casquette et le col.

— Écoute Paulo, je sais pas qui vous êtes ni ce que vous me voulez, mais pour la baston, vous êtes pas tombés sur le bon gars. Là, tu vois, je suis en vacances. Et j'entends bien en profiter. Alors, si j'ai envie commander à boire, je commande à boire. Et si ça vous plaît pas, vous dégagez.

Une main se posa sur son épaule qu'il attrapa en se retournant d'un seul bloc pour se retrouver à quelques centimètres du nez tout en facettes de Stanley. Le regard du vieil homme lui fit lâcher la pression et son adversaire s'affaissa en se tenant l'épaule. Son compagnon, qui s'était lestement remis sur pied, une goutte de sang au coin des lèvres, s'essuya d'un revers et pointa un doigt menaçant vers Gabriel.

— T'es mort, mec. Tu viens de siffler ta dernière bière.

— C'est ça, ma dernière bière, on m'enterrera dedans, tocard.

Derrière l'Aborigène, Gabriel vit le regard chargé de colère de Korydwen qui tenait une assiette sur laquelle était posée une galette fumante. Encore derrière, la salle du petit bar s'était resserrée, guettant l'épilogue de cet événement inattendu. La voix de la jeune femme s'éleva alors dans le silence.

— Erwan, tu payes et tu sors. T'es tricard ici. Et t'embarques ton chien enragé.

Ledit chien fit aussitôt un pas en avant, la main levée. Gabriel remarqua alors dans celle du vieux Noir une moitié de manche de pioche qui vint se poser sur le plexus du crâne rasé.

— Tu fais un pas de plus et tu sors sur une civière.

L'autre ricana et avança encore d'un pas, provocant. Mais sa détermination n'était plus la même. Il plissa les yeux, serra ses lèvres, renifla et fit retomber sa main, affichant un mépris composé. Il laissa passer trois secondes, comme s'il s'accordait le temps de la réflexion, puis faisant un signe de tête à son sbire, se dirigea vers la sortie. Au moment de passer la porte, il se retourna vers le Poulpe et tendit son majeur.

— On se retrouvera connard.

Lorsqu'ils furent dehors, on sentit la tension s'effondrer d'un coup, comme si chacun reprenait une lente et profonde respiration.

Stanley sourit alors comme si rien ne s'était passé, redressa la table, se saisit de l'assiette que Korydwen tenait toujours en tremblant, la posa sur le bois et fit signe à Gabriel de s'asseoir.

— Je t'apporte ta bière.

La jeune femme semblait ne pas en revenir et elle laissa éclater sa fureur en tendant sa main vers le Poulpe qui faisait jouer ses épaules pour se détendre.

— Tu ne le fous pas à la porte ?

— Non.

La voix était douce, mais sans réplique. Serrant les poings, elle se retourna et partit presque en courant se réfugier dans la cuisine d'où, une seconde plus tard, on entendit sortir à pleine puissance les accords électriques de Blitzkrieg Bop.

10

La Femme bleue se matérialisa à ses côtés, son verre à la main, une bouteille posée sur sa table, son sourire de chicots moisis aux lèvres. Elle porta un toast et avala cul-sec.

— Elle a pas de chance la petite.

Le Poulpe ramassa sa casquette et la reposa sur son crâne, non sans l'avoir essuyée.

— C'est qui ces grands cons ?

— Celui avec une casquette, c'est Erwan, son ex.

— Son ex ?

— Ouais. Elle était avec lui avant de rencontrer Loïc.

— Ben, on comprend pourquoi elle s'est barrée.

Elle se resservit un verre et, pendant quelques secondes, observa le jeu des lumières qui éclataient dans le liquide ambré.

— Oh, il a pas toujours été comme ça. Mais dans le coin quand on sort du lycée et qu'on n'a pas trop d'instruction, on devient paysan ou marin. Erwan, lui, il a fait marin, à Saint-Brieuc, pour une grande entreprise de pêche. Jusqu'à ce que le chômage lui tombe dessus. Ils formaient un beau couple à cette époque, mais quand il a plus eu de boulot et qu'il a compris qu'il en retrouverait pas avant un paquet de temps, il a attaqué l'alcool et le foot.

— Classique.

— Ouais, c'est parce que la misère est classique qu'on la remarque plus.

Le Poulpe haussa les épaules d'un air entendu. Au fond, derrière le zinc, Stanley avait regagné son poste et remplissait un verre.

— Et quand vous dites qu'il a attaqué le foot, je suppose que c'est pas en tant qu'avant-centre du Dinan Football Club.

— Ça dépend si on trouve ce poste dans les virages des tribunes.

Elle avait dans les yeux quelque chose de profondément désabusé.

— Je vois. C'est devenu un dur ?

— Ben, t'as vu le Gaël ?

— Le petit chauve ?

Elle acquiesça et s'envoya une rasade.

— Gaël Hoiarn, c'est le chef des Chasseurs de Tête, la bande de feignants avec qui traîne Erwan. Une petite frappe qui ne prend son pied sur des gradins que s'il se bat et insulte. Ils ont pas mal traîné ensemble, organisé des coups minables et fait un séjour en prison dans la même cellule.

— Forcément, ça rapproche.

— Et pourtant, le Stade briochin, c'est pas le PSG, y'a pas de quoi se relever la nuit. Mais un ouiquend sur deux ils vont voir les matches et quand les extérieurs sont pas trop loin, ils font une virée.

— J'imagine que ça ne devait pas trop plaire à Korydwen.

— Ben ouais, et entre sa femme d'un côté, sa canette et ses potes de l'autre, souvent un homme fait son choix, même si c'est pour de mauvaises raisons. Un soir qu'il était plus saoul que d'habitude et que le Stade s'était fait écraser 4 à 0 par l'AS Tourcoing, il lui a flanqué une beigne. Ça a pas raté, elle est partie.

— On ne peut pas tellement lui en vouloir.

Le patron posa la pinte de Diaoul sur la table et regarda la galette que Gabriel n'avait pas encore entamée.

— Tu devrais manger, c'est meilleur chaud.

Le Poulpe fit un petit signe de tête en direction de la porte de la cuisine en forme de question.

— T'inquiète pas, je lui ai expliqué ce qui s'était passé. J'ai voulu qu'elle rentre chez elle, mais c'est une vraie mule. Elle dit qu'elle préfère être là que toute seule chez elle, même si elle doit supporter des têtes de nœuds.

— Chacun sa manière de gérer son deuil.

Le vieil Aborigène haussa les épaules, ébaucha un sourire et repartit s'occuper de ses clients tandis que Gabriel attaquait la galette. Il fut surpris par l'association des deux saveurs et enfila une gorgée de bière par-dessus. L'amertume rehaussée de sucre fit exploser ses papilles.

— Fameux hein ?

— Effectivement. Faudra que je remercie la cuisinière.

Il s'essuya la bouche et fourchetta un grand coup.

— Et comment il a réagi, le Erwan, quand elle s'est tirée ?

La Femme bleue liquida son verre et lui lança un regard à la limite de l'agacement, comme s'il venait de lui écraser les pieds sans s'excuser.

— Oh, c'est sans doute à lui que la beigne a fait le plus mal. On a même cru qu'il allait se foutre à la mer. Mais elle est pas conne la petite, et puis elle l'aimait son gars, alors elle est revenue. Elle devait se dire qu'elle arriverait à lui faire quitter la boutanche et la violence des gradins. Mais va essayer de sauver un noyé quand il tente de te grimper sur les épaules pour sauver sa peau ! Au bout du compte, c'est elle qu'a failli y rester.

Elle s'humecta les lèvres de chouchen sans en boire, juste pour avoir le goût sur la langue et l'odeur dans les narines.

— Mais ?

— Les Siamois sont arrivés avec leurs belles gueules.

— Et c'est là que ça a commencé à chauffer.

— Erwan a attrapé Loïc un soir à la sortie d'un bar, avec sa bande de copains. Dilek a tenté de s'interposer mais une bouteille s'est écrasée sur sa caboche. Ils s'y sont mis à quatre plus leurs manches de pioche. Trois côtes cassées, une jambe, une pommette, les arcades, un poignet foulé, et quatre semaines d'hôpital, plus la rééducation.

— C'est ce qu'on appelle ne pas y aller de main morte.

— À la sortie de l'hosto, un samedi soir, Loïc est passé ici sur ses béquilles, accompagné de son siamois, histoire de s'en jeter une pour fêter ça. Juste devant la porte, à cheval sur le trottoir, ils ont trouvé la 205 GTI customisée de son agresseur. Et quand ils en ont eu fini avec elle, il ne devait rester que la calandre et les pneus crevés. Tout le reste, du moteur à la rampe de phares bleus en passant par le booster et les portières, se trouve au fond du port.

— Et Erwan a laissé faire ?

— C'est-à-dire que quand on est seul, bourré, à poil et entouré de chatterton, c'est un peu compliqué .

— Personne n'est intervenu ?

— Ils se sont dit que c'était pas volé et que ça valait mieux qu'un séjour en taule.

— Et Korydwen ?

— Ça faisait des mois qu'ils étaient séparés et après ce qu'il avait fait, elle était pas prête de lui pardonner. Lui, bien sûr, quand elle est partie, il s'imaginait que, comme d'habitude, elle reviendrait. Mais c'était sans compter sur le charme de l'ornithologue.

Le Poulpe avala sa dernière bouchée, l'arrosa de bière et se cala dans le fond de la banquette, frottant son ventre avec satisfaction même si, autour de son estomac, ça frissonnait de colère.

— Je peux être franc avec vous ?

— T'en meures d'envie gamin, je voudrais pas te priver de cette joie.

— Je ne crois pas au suicide de Dilek et Loïc.

— T'es têtu hein. Tu serais pas Breton des fois ?

— Pas que je sache.

— Et tu te demandes si Erwan aurais pas foutu les Siamois au bas de la falaise par jalousie et par vengeance ?

— C'est à peu près ça.

— Il a le sang chaud mais pas assez de cran pour imaginer un truc pareil. Flanquer des coups de poing ou savater un pauvre type, je dis pas. Mais de là à jeter deux gars à la mer…

Et elle termina sa bouteille.

II

Ce soir, à La Passerelle, scène nationale à Saint-Brieuc, on avait joué *La Cerisaie* de Tchekhov, et les Malgorn en revenaient heureux. La mise en scène et les décors sobres rehaussés de lumières douces collaient à l'ambiance délétère qu'ils s'étaient imaginée à la lecture du texte bien des années auparavant.

Longtemps après la fermeture du rideau, ils étaient restés assis en se tenant la main, rapportant aux deux années qu'ils venaient de vivre les lambeaux de textes qu'ils gardaient en mémoire.

Après le spectacle, ils avaient traversé la rue pour se rendre au *Krampouz ar Mam Coz*, une crêperie qu'ils appréciaient particulièrement. Puis, rassasiés et grisés par le cidre, ils s'étaient promenés dans les rues animées du centre, s'arrêtant parfois pour écouter les joueurs de binious qui égayaient les carrefours de leur ouin-ouin entraînant. Enfin, ils avaient quitté la cité par la quatre voies avant d'emprunter la D17a qui passait par les Étangues, La Ville Gourio et Planguenoual, puis bifurqué sur la D34 qui les mènerait jusque chez eux.

Fanch conduisait un peu vite et avait entrouvert sa fenêtre pour laisser l'air du soir pénétrer dans l'antique Peugeot 305 qu'il entretenait depuis presque trente ans. À ses côtés, Soazig avait posé ses cheveux blancs contre la vitre et regardait défiler les champs dans la lumière jaune des phares.

— J'ai passé une très belle soirée tu sais.

— Moi aussi, *ma c'harantez.*

Elle sourit et passa une main dans sa toison grise. Il avait plus de soixante-dix ans et pourtant ses boucles étaient aussi drues que lorsqu'il en avait vingt.

— Ça faisait longtemps que tu ne m'avais pas appelée comme ça.

— Ça faisait longtemps que je ne m'étais pas senti aussi bien.

Elle soupira, gardant son sourire aux lèvres.

— Tu crois qu'on verra un jour la fin de cette histoire ?

Il jeta un œil sur son profil et, rassuré, se reconcentra sur la route.

— Il faudra bien. Quelle qu'en soit l'issue.

— Je voulais dire…

— Je sais. Mais si nous avons réussi une fois, il n'y a pas de raison que nous n'y arrivions pas une seconde. Non ?

Elle hocha la tête et haussa les épaules.

Sur le bord de la route, la butte montait en pente douce jusqu'à un petit promontoire qui permettait, de jour et par temps clair, de voir l'océan. À son sommet, au pied d'une pierre levée, était assise une silhouette en guenilles, protégée par un chapeau aux larges bords, qui aiguisait le fil d'une faux. Entre ses dents dépareillées, elle tenait un épi de blé qu'elle faisait passer d'un côté à l'autre de ses lèvres décharnées et, de ses yeux globuleux, elle suivait la progression de la voiture tout en jetant un regard sur l'homme assis trois mètres plus bas. Derrière elle, son cheval aux paupières bordées de mouches broutait l'herbe sèche, tandis que sa charrette reposait au milieu du pré.

Une petite main griffue se posa sur son épaule. La silhouette se retourna à peine et jeta un regard dédaigneux à la créature vêtue d'un gilet à même sa peau verdâtre et d'un pantalon court. Celle-ci baissa les yeux en signe de déférence et désigna l'autre bout de la route.

On pouvait deviner, de virage en virage, un véhicule, pleins phares allumés, coupant les lignes blanches à vive allure, se précipitant dans leur direction. La silhouette se redressa dans le craquement de ses articulations et plissa les yeux afin de mieux saisir les détails. C'était un genre de 4X4 au large pare-choc chromé. Sa plaque d'immatriculation, couverte de boue, était illisible, et ses vitres teintées ne permettaient pas de voir les passagers. Son conducteur, qui négociait les tournants avec habileté, semblait bien connaître la départementale.

Fanch aperçut d'abord la lueur des phares dans le fond du tournant. Il passa en feux de croisements et rétrograda. Voyant que la voiture en face semblait ne pas avoir remarqué les lumières de sa propre automobile, il fit quelques appels pour signaler sa présence. Sans effets. Il voulut encore ralentir avant d'entrer dans la courbe, mais à peine avait-il posé le pied sur l'embrayage, qu'il vit déboucher, dans un horrible crissement de pneus, un tout-terrain noir sur le côté gauche de la route.

Le reste, contrairement aux films, ne se passa pas au ralenti et il ne vit pas son existence défiler devant ses yeux. Aveuglé, il braqua à fond en enfonçant la pédale de frein, entendit Soazig crier en même temps qu'elle tendait ses mains vers le pare-brise, sentit le choc des roues contre le bas-côté, aperçut le champ venir à leur rencontre, puis ce fut le noir.

Du haut de la butte, la silhouette regarda la Peugeot effectuer trois tonneaux avant de s'arrêter sur le toit tandis que, de son côté, le 4X4 continuait son chemin comme si de rien n'était. Bientôt, les feux arrière disparurent dans une courbe et le bruit du moteur se perdit dans la nuit.

Au même moment, l'homme assis plus bas se releva, regarda autour de lui comme pour être sûr que personne ne le surveillait, et descendit vers la route en courant.

Les yeux glauques se portèrent de nouveau vers la carcasse, tandis qu'une main spectrale se saisissait de la longe qui reposait sur l'encolure du cheval. Il était temps d'y aller, cette nuit, ils avaient deux nouvelles âmes à convoyer.

12

Il était tard, la bière avait fait des petits et le bar s'était vidé. Même la Femme bleue avait mis les voiles en lui offrant un sourire de toutes les moitiés de dents qu'il lui restait.

Il avait essayé de la faire parler des Siamois, de lui faire raconter comment ils étaient arrivés dans le coin, qui ils fréquentaient et qui pouvaient bien avoir des raisons de leur en vouloir. Mais le taux d'alcool qui noyait ses érythrocytes devait avoir eu raison de ses capacités de persuasion. Elle avait fini par lui rétorquer qu'elle n'était pas *Ouest France*, que pour tout renseignement, il pouvait s'adresser à l'antenne de Saint-Brieuc. Puis elle s'était levée et avait rejoint le bar pour y commander une bouteille avant de se perdre dans la nuit et le brouillard.

Le Poulpe était donc resté assis un moment, les bras agglutinés au velours de sa banquette, regardant les clients qui quittaient peu à peu les lieux, saluant d'une main, d'un clin d'œil, ou d'une tape dans le dos, les damnés de l'artère éclusant leurs derniers verres.

Au moment où il enfilait sa vareuse, confondant le devant et le derrière, puis tentait de remettre sa casquette droite, une veste en cuir noir sur un t-shirt bleu et deux mains blanches apparurent devant lui. Il leva péniblement les yeux et soupira en apercevant, dans une sorte de léger dédoublement, le visage aux traits tirés de Korydwen.

Il se frotta le visage d'une main sèche.

— C'est la Diaoul, ça fait toujours ça.

— Pardon ?

— Ça vous fait mal derrière les yeux non ?

Le Poulpe réfléchit quelques secondes pour s'apercevoir qu'elle avait raison. C'était bien de là que venait cette douleur lancinante qui envahissait son crâne, comme un korrigan qui se serait glissé dans son occiput. Il hocha la tête et fut pris d'un vertige.

Elle lui attrapa le bras.

— Allez, venez, on va faire un tour sur le front de mer, ça vous fera du bien.

Il tenta de se dégager, mais la prise était ferme.

— C'est bon, je vais me débrouiller tout seul. Et puis vous devriez rentrer.

— Justement, c'est mon chemin.

Gabriel tenta d'ajuster son regard, mais toutes les perspectives semblaient faussées. Il se retint à une table et attendit que le bar arrête de tanguer.

— Oh la vache ! Ça faisait longtemps que j'en avais pas pris une aussi belle !

Stanley-double-mètre les regardait depuis le zinc en essuyant les derniers verres et souleva le menton en guise de salut. Le Poulpe leva un tentacule pour le lui rendre.

— *Kenavo,* mon poteau !

— Ouais c'est ça, *kenavo* ! Et laisse ta moto où elle est, c'est pas un soir à rentrer par la route.

— Ah ouais ? Et je vais dormir où ? Sur le sable, comme un *glaouch* ?

— T'as qu'à aller à l'hôtel de l'Espérance. Tu dis que tu viens de ma part.

— *Bennozh Doue !*

— Le voilà bilingue. Bon, allez, filez, je voudrais pouvoir fermer. T'as besoin de rien ma belle ?

— T'inquiète Stan, ça va aller. On se voit demain.

Elle passa une main autour de la taille du Poulpe, son cou sous son bras et poussa la porte d'un coup de pied. La bouffée d'air marin parfumé au goémon qui s'engouffra dans le rade les frappa au visage. On entendait, de l'autre côté du boulevard, l'océan qui roulait sur le sable, et le vent qui soufflait au loin, du côté du port, apportait le tintement des gréements contre les mâts.

Gabriel se dégagea, s'adossa au mur, colla ses paluches sur ses genoux et respira un grand coup. Il eut l'impression de s'injecter de l'iode directement dans le cerveau et de retrouver une certaine stabilité.

Korydwen le regardait en se tortillant les mains.

— Je voulais vous dire… Je suis désolée pour Erwan et… Il est… Ils sont…

Il essaya de poser une main apaisante sur son épaule mais, considérant le poids de son bras, renonça.

— Ce n'est pas votre faute.

— En quelque sorte, si.

— En fait, c'est moi qui devrais être désolé, je n'aurais pas dû répondre à leur provocation.

— Vous savez, il n'a pas toujours été…

Gabriel hocha la tête et souffla.

— Je sais. On m'a raconté.

Il se redressa, s'étira, en tout cas autant que son corps le lui permit, et respira à nouveau un grand coup.

— On va se la faire cette balade ?

Elle soupira.

— D'accord.

Ils traversèrent le boulevard vide et, laissant derrière eux la Corniche en l'Isle, se dirigèrent, les mains dans les poches et la tête rentrée dans les cols, vers la pointe Notre-Dame.

— Ça fait du bien non ?

— En tout cas, j'ai un peu moins l'impression de me trimballer en pleine tempête.

Du coin de l'œil, il vit la jeune femme se tasser en accusant le coup et, le temps qu'il tourne la tête, les larmes s'étaient mises à rouler sur ses joues. Elle fut secouée par des sanglots et sortit un mouchoir de sa poche dans lequel elle cacha son visage.

Il se serait botté le cul s'il en avait été capable.

— Oh merde ! Quel imbécile !

Elle agita la main en signe de dénégation, se laissa tomber plus qu'elle ne s'assit sur la rambarde qui séparait le boulevard de la plage en contrebas et donna libre cours à sa douleur.

Le Poulpe se posa à côté d'elle et fit la seule chose qu'il savait faire dans ces circonstances. Il passa un bras autour d'elle et la serra contre lui. Elle ne résista pas, s'effondrant contre sa vareuse, imbibant le coton de ses larmes, son corps secoué par les pleurs.

Ils restèrent ainsi longtemps, attendant que le chagrin s'estompe. Lui, raide comme la justice et ne sachant que dire, elle, agrippée à son torse comme à une bouée, se vidant de tant de détresse contenue.

Puis elle se redressa, les yeux rougis, les lèvres tremblantes, et se moucha bruyamment.

— Pardon. Je…

Il lui prit les mains, mettant dans ce geste toute la douceur dont il était capable, et sourit.

— C'est pas parce que je suis bourré que je ne peux pas réfléchir deux secondes à ce que je raconte.

— Oui, mais on se connaît à peine et… votre veste… j'ai…

— Eh bien, vous vous appelez Korydwen Le Guern et je m'appelle Gabriel Lecouvreur.

Elle le regarda, un peu étonnée.

— Comme ça, nous ne sommes plus tout à fait des inconnus. Ce qui fait que vous avez le droit de tremper ma vareuse en pleurant dessus.

Elle répondit timidement à son sourire et cligna plusieurs fois des yeux pour chasser les dernières larmes qui troublaient sa vue.

— Non, vraiment, je suis désolée. C'est pas la très grande forme en ce moment.

Il lâcha ses mains et replongea les siennes dans ses poches.

— J'ai perdu mes parents dans un accident de bagnole quand j'avais cinq ans et depuis j'en ai vu bien d'autres se faire la malle pour les rejoindre. Je vois à peu pres ce que vous traversez.

Elle hocha la tête, se moucha de nouveau, un peu moins violemment, et s'essuya les joues du revers de la main.

— Ça faisait longtemps que vous connaissiez Loïc ?

— Trois ans. Enfin quatre, mais ça faisait un peu plus de trois ans qu'on était ensemble.

Elle posa une main sur sa bouche pour s'empêcher de recommencer à pleurer et respira à grandes bouffées avant de retrouver un semblant de calme.

— Vous savez ce qui est le pire ?

— Non.

— C'est que même si je sais qu'il est mort, je n'arrive pas à imaginer que je ne le verrai plus, que je ne pourrai plus le serrer dans mes bras ou que je n'entendrai plus son rire.

— Je crois que c'est quelque chose qu'on n'admet jamais. On apprend à vivre avec, c'est tout.

— Et à chaque fois je me demande pourquoi. Pourquoi il est allé faire ça. Pourquoi est-ce qu'ils sont allés se jeter à l'eau.

Une nouvelle fois elle écrasa une main sur ses lèvres, mais ne put empêcher une larme de couler dans une longue traînée brûlante. Elle l'essuya d'un coup de manche rageur.

— Ils n'avaient aucune raison de le faire !

C'avait été comme un cri lancé au travers de ses dents serrées.

— Vous pensez que c'est un accident ?

— Non plus.

— Alors quoi ?

Elle hésita un moment, regardant autour d'eux comme si, à cette heure, on avait pu les écouter.

— Quelqu'un les a aidés.

13

Il l'avait raccompagnée chez elle sans prononcer un mot de plus.

Ils avaient marché l'un près de l'autre, les mains enfoncées dans les poches, le vent fouettant les visages et séchant les larmes, elle ravalant sa peine, lui dissimulant les bouillonnements de son cerveau embrumé en pleine cogitation.

Elle avait lâché la première balise sans avoir besoin de rajouter quoi que ce soit. Il savait enfin qu'il était sur la bonne route. Il ne saurait pas ce soir, peut-être pas même demain, pourquoi elle semblait si certaine de son fait, peut-être même ne dirait-elle plus rien. Mais il avait suffi de cet éclair au fond de ses yeux pour qu'il n'ait plus le moindre doute. Ces morts sentaient la vase par grande marée, celle qui sèche au soleil et attire les mouches de la région.

Korydwen habitait une petite maison dans la rue d'Ar-Vro, à l'autre bout de la plage, au carrefour avec la rue d'Armor. Lorsqu'elle avait ouvert la porte et s'était retournée vers lui avec un triste sourire sur les lèvres, il n'avait pas bougé, pas sorti ses pognes bien au chaud au fond de sa vareuse, s'était contenté de la regarder, à trois pas de distance.

— Vous allez tenir le coup ?

— Il faudra bien.

Un silence.

— Écoutez, si vous avez envie de parler, quelle que soit l'heure, appelez-moi. Je crèche à la pension *Peinard Bed,* à Plévenon, rue de la Ville-Hingant. La mère Le Goff fera peut-être un peu la tronche si vous la réveillez à trois plombes du mat', mais elle comprendra. Et puis je crois qu'elle m'a à la bonne.

Le sourire s'était un peu agrandi.

— C'est gentil.

— Et surtout, prenez soin de vous.

— Vous aussi.

Puis elle s'était dressée sur la pointe des pieds, avait déposé un baiser sur sa joue râpeuse et refermé la porte sans un bruit.

Gabriel avait fait le chemin inverse d'un pas lent, laissant à l'air marin le soin de nettoyer sa cervelle de l'alcool qui y circulait, puis avait enfourché sa Guzzi et parcouru les routes à faible allure, évitant les lapins et les chevreuils noctambules.

En quittant Korydwen, une des phrases de la Femme bleue lui était revenue à propos de la feuille de chou régionale. Personne n'ayant l'air d'avoir envie de causer des Siamois, il allait faire parler les pisse-copies, ceux dont la langue bien pendue ne demandait qu'à se dénouer. Et le meilleur moyen était encore de se faire passer pour un confrère. Mais pour ça, il allait avoir besoin de Pedro.

En arrivant, il se saisit du téléphone de l'entrée et se réfugia dans sa chambre. À l'autre bout, après plus de dix sonneries, le Catalan ne semblait pas plus content que ça de l'entendre.

— Ça va pas non ! *¡ Cabrón !* T'as vu l'heure ? Tu veux me faire mourir ?

— Moi aussi ça me fait drôlement plaisir de t'entendre vieux !

— *¡ Qué te den por el culo !* Tu donnes pas de nouvelles pendant trois semaines et quand tu appelles à trois heures du matin, je devrais te recevoir avec des violons ?

— Faut que tu me files un coup de main Pedro.

— Moi qui croyais que tu appelais pour me chanter une aubade.

— Comme j'étais censé me casser en vacances, j'ai pas pris de matériel.

— Dans quoi tu es encore allé te fourrer ?

— Rien de pire que d'habitude.

— Et qu'est-ce qu'il te faut ?

— Des fafiots.

— Quel genre ?

— Carte de presse.

— Et je la mets à quel nom ?

— Van Pulpen.

— T'en as pas déjà une avec ce nom là ?

— Je l'ai oubliée à Kerletu[1]. Et je viens de te dire que je suis nu comme un ver.

— T'as besoin de quoi d'autre ?

— Tu t'y connais en FLB ?

— Flan au Lait Breton ?

— Front de Libération de la Bretagne, imbécile !

— T'as pas d'humour, Gabriel !

— À trois plombes du mat', avec des bières en trop dans le pif, pas trop non !

— Et qu'est-ce que tu veux savoir ?

— Si t'as des connexions dans le réseau.

— Celles que j'avais sont mortes ou dorment depuis trop longtemps pour être réveillées. Mais je peux essayer de me renseigner. Et pourquoi tu t'intéresses à eux ?

---

1 cf. *Arrêtez le carrelage*, Patrick Raynal, n°4.

— J'aimerais savoir comment on peut se procurer des flingots dans le coin.

— Eh ! Tu m'insultes ou quoi ?

— Calme-toi, j'ai pas dit que j'avais besoin de me procurer un soufflant. J'ai dit que je cherchais comment on pouvait s'en procurer un. Si on te connaît pas, bien sûr.

Gabriel lui fila l'adresse de la pension en vue de l'expédition du colis, lui remit un billet doux à destination de Chéryl, raccrocha et s'effondra sur le plumard sans même enlever ses godasses.

14

Le réveil aux aurores avait été difficile, accompagné d'une casquette en plomb et d'une bouche pâteuse, mais il était hors de question de déroger à la promenade et aux agapes qui l'accompagnaient. Gabriel, après une douche bien chaude histoire de se remettre le cerveau en place, un sévère brossage de dents, et une séance de rasage qui n'avait rien à envier à celles des vieux westerns, avait sauté dans ses baskets et sa vareuse, puis sur sa moto, pour rejoindre les sentiers.

Le temps maussade, l'océan et le ciel à l'unisson, n'entamaient ni son envie ni sa motivation, même si la gueule de bois lui donnait parfois envie de se jeter à la baille sans demander son reste. Heureusement, l'accumulation dans ses poumons d'un air vif, ainsi que la contemplation d'un vol d'avocettes lui redonnèrent le sourire.

Il n'était pas plus tôt assis sur son banc qu'il sortit de ses poches tabac et bouquin pour son rituel matinal. Et lorsqu'il eut mis le feu à son clopot, il reprit la lecture là où il l'avait laissée la veille.

> « Avec " l'homme moyen " et le dieu Quantum, la niaiserie socio-politologique pavoise : il y a bien une musique des sphères pour les consommateurs de yaourts, pour les états d'âme des catégories socio-professionnelles et des tranches d'âge, musique tout aussi sublime que celle des astres ! »

Plus les quantités médiocres sont importantes, plus le moyen terme prend de place, plus le chant libéral ressemble à celui des sirènes. Consomme, tu seras comme les autres, tu feras partie des autres, tu te perdras dans la masse.

Il se redressa, s'étira avec un sourire satisfait, referma son livre dans un claquement sec et passa ses bras derrière le dossier du banc en croisant ses pieds loin devant lui. Il aurait bien mérité sa tasse de café et ses tartoches !

C'est à ce moment qu'arriva Gabriel l'Ancien, son sac sur le dos, la barbe dans le col de son ciré, la casquette enfoncée sur son front barré d'une ride profonde.

En l'apercevant, le Poulpe sut que quelque chose n'allait pas.

— T'en fais une drôle de tête.

— Mmfff.

— Y'a un truc qui cloche ?

— Je crois, ouais.

— Ben quoi ? Accouche !

— J'aime pas avoir tort.

Il sortit de son sac le journal du matin et posa un doigt sur un entrefilet en page 13. « Tragique accident sur la pointe de Pléven ». Les dix lignes racontaient comment un couple de retraités rennais venus passer leurs dernières années sur un petit bout de terre des Côtes-d'Armor, avait tragiquement perdu la vie lorsque, la veille au soir, leur voiture était sortie de la route pour s'écraser dans un champ juste avant le lieu-dit La Ville-Men.

Le Poulpe, surpris, regarda son compagnon qui se tenait toujours debout en mâchonnant l'intérieur de ses joues.

— Où est-ce que tu veux en venir ?

Gabriel l'Ancien finit par poser son sac et ses fesses, et entreprit de leur préparer le casse-croûte, les rides sévèrement rivées au crâne. Lorsqu'il eut terminé de beurrer les tartines et servi le café, il avala une gorgée brûlante et fixa ses yeux sur l'horizon.

— Les Malgorn, je les connaissais un peu. Comme tout le monde je veux dire. Dans le coin, ils faisaient figure de résistance bretonne face à l'oppression parisienne.

— Comment ça ?

— Tu vois où est la pointe de Pléven ?

Gabriel le Jeune se rappela avoir déjà vu ce nom quelque part, mais ne sut retrouver où. Il fit un signe dubitatif de la tête.

— Elle est à deux kilomètres au nord de Pléhérel, tu passes à côté lorsque tu viens vers le cap Fréhel.

Le Poulpe hocha la tête, ne parvenant toujours pas à se souvenir pourquoi ce nom lui disait quelque chose.

— Bref. Sur ce bout de granit, au milieu des pins, il y a exactement vingt-deux maisons. Toutes construites dans les années soixante par des gens qui avaient envie d'air frais à l'écart de la civilisation. Des baraques tout ce qu'il y a de plus simple, avec à peine l'électricité et l'eau courante, parfois pas même chaude. Ne parlons pas du tout-à-l'égout !

Or, il y a deux ans, les habitants ont été obligés de se regrouper en association pour défendre leur coin de paradis. La famille de la galine du président, à l'époque nouvellement élu, possède celle qui se trouve au bout de la pointe. C'est la plus belle, la plus grande, et tout le tremblement. Le fond de leur jardin donne même sur l'océan. C'est la classe. Le problème, c'est que quand tu as la classe, louer une fois par an un gros camion pour aspirer toute la merde de l'année, ça le fait pas. Alors ils ont demandé à la commune de faire installer l'évacuation du cloaque. Mais on les a renvoyés dans leur 22. Normal, on n'allait pas dépenser des mille et des cents pour vingt bicoques perdues sur la lande.

Mais ça n'a pas plu à notre bien-aimé chef de l'État qui n'apprécie pas qu'on refuse quoi que ce soit à sa famille. Il a donc débarqué pour un petit ouiquend improvisé avec dix cars de CRS au cas où il faudrait mater quelques civils en colère, a invité le préfet, le maire et quelques adjoints à déjeuner, et deux semaines plus tard, on voyait les experts débarquer avec leur matériel pour prendre les premières mesures et faire les repérages.

Le Poulpe se frappa le front du plat de la main.

— Bien sûr ! Le rapport !

— Hein ?

— Lorsque je suis allé faire mon tour chez les Siamois, j'ai trouvé un dossier contenant tout un tas de rapports topographiques, géologiques et autres. C'est là que j'ai vu le nom de Pléven !

— En fait, Dilek et Loïc se sont joints aux habitants de la pointe. Au départ, les riverains ont fait savoir qu'ils n'étaient pas d'accord pour que ce projet soit mené à terme. Ce sont des gens aux moyens modestes qui ont fini de payer leur piaule depuis des lustres ou l'ont héritée de leurs parents. Et ils n'ont pas assez d'argent pour faire face aux impôts que vont générer ces travaux. Mais il leur a été signifié qu'ils n'avaient pas le choix et qu'on leur demandait juste de fermer leurs mouilles s'ils ne voulaient pas tâter de la matraque.

— Et les Malgorn dans tout ça ?

— Ils ont proposé aux autres de se constituer en association pour porter l'affaire devant les tribunaux.

— Et qu'est-ce que les deux zigotos venaient faire là-dedans ?

— Ils ont apporté la solution.

— Comment ça ?

— Ils avaient découvert qu'un couple d'albatros hurleurs nichait sur la pointe.

— Et alors ?

— Alors ? Il n'y a pas d'albatros de ce côté de la planète, ces piafs ne vivent pas sous nos latitudes. La dernière fois qu'on en a vu un sur les côtes françaises, c'était vers 1880. Tu imagines l'émoi de nos deux ornithologues et de la LPO ! Ils ont fait mettre en place un plan de protection, avec périmètre de sécurité et tout le tintouin,...un vrai truc ministériel. Et comme c'est un oiseau protégé, il est interdit de procéder à des travaux qui pourraient endommager, voire détruire, son lieu de nidification.

— Ils ont fait capoter un projet d'État avec deux passereaux ?

— Des passereaux de trois mètres d'envergure quand même.

— Et il s'est passé quoi ?

— Qu'est-ce que tu veux qu'il se passe ? Après un an de batailles administratives, d'avocats, d'experts, on a rentré les bulldozers et les pelleteuses au garage. Et on a fait venir un camion pour pomper la merde de la belle-famille présidentielle.

Le Poulpe mâchonna pensivement sa tartine, l'arrosa avec son quart de café et se resservit une rasade.

— D'accord. Et elle est où l'embrouille ?

— Cette année, on n'a pas vu revenir les albatros. Pour empêcher un nouveau projet, ne restaient plus que les Malgorn.

15

Pendant deux jours il avait flotté comme vache qui pisse, une pluie drue à ne pas mettre un ciré dehors, sous un couvercle de nuages plombé qui rasait la lande et ratatinait l'océan.

Gabriel le Jeune n'avait pas dérogé à ses excursions, pas plus que Gabriel l'Ancien, mais les petits déj' avaient été courts, et les caouas bus à l'abri de capes de pluie qui leur battaient les mollets sous les rafales.

Le reste du temps avait été consacré à la lecture du dossier qu'il avait barboté dans le bureau des Siamois, les pieds posés sur la cheminée, une *Dremmwel* à portée de main, emmitouflé dans un gros pull en laine, *Interface* de D. en sourdine.

S'il ne comprenait pas tout de ces données scientifiques décrivant en mots compliqués un paysage breton à tendance accueillante et chaleureuse, certains points lui semblaient clairs. Comme le fait que tout avait été mis en place pour qu'on puisse débuter rapidement des ouvrages censés arranger le confort de trois personnes au détriment de celui d'une quarantaine.

Certes, il n'était pas spécialiste en travaux publics, mais son expérience lui avait montré que, quelle que soit la nature des bricolages envisagés, entre la conception, la mise en branle et l'achèvement, il se passait un certain temps, voire un temps certain, et que vitesse et précipitation étaient rarement les maîtres-mots en matière d'aménagement du territoire. Or, au vu de ce qu'il tenait entre les mains, il était clair que tout avait revêtu un caractère urgent et que, considérant le commanditaire, il n'était pas question de traîner. Piaf ou pas piaf, le tout-à-l'égout devait être posé, quelles qu'en soient les conséquences et les moyens.

Une partie du dossier avait retenu son attention et éveillé en lui à la fois inquiétude et étonnement. La manière dont Dilek et Loïc avaient pu se procurer ces éléments demeurait un sacré mystère.

La première partie était une note émanant des Renseignements généraux, concernant Fanch et Soazig Malgorn, signée de la main de l'opiniâtre Jacques Vergeat. Ce cancrelat savait décidément se glisser partout, surtout où l'odeur se faisait irrespirable.

Un type comme lui était une vraie plaie. Prêt à tout pour plaire à sa hiérarchie, il n'avait jamais hésité à salir la vérité si cela pouvait servir son enquête et le faire mousser par la même occasion. Sous sa plume, et à mots peu couverts, les deux petits vieux étaient devenus de dangereux conspirateurs au visage avenant. Malgré leur âge et leur situation – retraités de la fonction publique – il ne fallait en aucun cas se fier aux apparences.

Fanch Malgorn, ancien instituteur au bourg de Matignon, aurait fait partie, dans les années soixante-dix, du FLB/LNS, mouvement d'extrême gauche considéré comme la branche politique de l'ARB. Soupçonné d'avoir été l'un des membres actifs du groupe responsable de l'attentat contre la maison de Francis Bouygues en 1972, il n'aurait échappé au procès d'Octobre qu'en s'exilant à Paris. Il y aurait été vu au concert de soutien organisé par Glenmor à la Mutualité, le poing gauche levé et chantant *Kan bale an ARB* en narguant les CRS, déployés pour protéger les citoyens. Évidemment, il avait toujours été assez fin pour ne jamais laisser de traces et seules quelques présomptions permettaient de remonter jusqu'à lui.

Soazig Malgorn, née Le Mézec, ancienne employée des PTT et fervente syndicaliste, était suspectée quant à elle d'avoir convoyé, dans des camions frappés de l'oiseau-flèche bleu sur fond jaune, des criminels coupables de destruction de biens publics – bulldozers, grues, piliers d'autoroutes –, séquestration et détournement de matériel administratif, et de les avoir aidés à passer en Angleterre afin de les soustraire à la justice Française. Elle aurait pris part à l'attentat de 1975 contre la centrale de Brennilis qui avait détruit la prise d'eau d'une turbine et un poste téléphonique. Mais tout comme son époux, elle avait toujours été assez intelligente pour ne pas être rattachée à ces actions et n'avait jamais été inquiétée.

Gabriel reconnaissait bien là le style nauséabond du chauve qui, depuis des années, lui collait aux basques comme une déjection canine à une chaussure droite. Que des suppositions, pas l'ombre d'une preuve, et la haine pour tout ce qui pouvait ternir la gloire de l'État avec un grand É, suintant à chaque mot.

En gros, on pouvait augurer que les Malgorn avaient formé un couple à tendance gauchisante, syndiqué à mort, inscrit au Parti, et luttant pour l'égalité des classes. Ce qui suffisait à en faire de terrifiants terroristes. Vergeat n'était décidément pas la moitié d'un con, ce qui aurait presque pu prêter à sourire, s'il n'avait été si dangereux.

La seconde partie en revanche, était beaucoup moins drôle et le fond très certainement plus sérieux, ce qui apportait un jour nouveau sur les deux lascars ayant fait le grand plongeon. Il s'agissait d'une note échappée d'Interpol, signée par un certain Roman Dragulescu, qui concernait les possibles activités éco-terroristes de Dilek Bugaled et Loïc Brétiniec.

Affiliés au groupuscule activiste Verte Bretagne, mouvement ultra-écologiste né au début des années 2000, ils avaient pris part à tout ce qui pouvait se faire en matière de lutte contre les OGM, de la marche sur Landéhen en 2004 pour protester contre la plantation de semences de choux-fleurs, en passant par la destruction des champs d'artichauts de Ploufragan en 2005, jusqu'au saccage et à l'incendie des serres de Coëtmieux abritant des plans de pommes de terre transgéniques mis au point par Monsanto en 2006.

À la fin de l'été 2007, à l'occasion du meeting des chasseurs de Moncontour, ils avaient envahi le chapiteau et jeté des vessies de porcs remplies de sang caillé, occasionnant l'un des plus grands pugilats de l'histoire du bourg qui avait débouché sur la mise à sac de l'épicerie Butagaz de la place de l'église.

Un peu plus tard, à l'automne, ils étaient soupçonnés d'avoir participé à l'enlèvement du vice-président de Total Bretagne dans sa résidence du Crec'h Allano sur l'île de Bréhat, avant qu'il ne soit relâché quelques heures plus tard, en plein centre de Saint-Quay-Portrieux, le corps couvert de goudron et de plumes.

Enfin, lors de la manifestation de 2009 organisée par les habitants de la pointe de Pléven, ils s'étaient rendus coupables du déversement de trois tonnes de purin sur le parvis de la préfecture des Côtes-d'Armor, et de la séquestration de deux agents administratifs dans le but d'obtenir un entretien avec le préfet.

Au milieu de ces monuments de la geste contestataire, on ne comptait plus les altercations, rixes et algarades au cours de rassemblements divers et variés, qui les avaient aussi bien opposés à la maréchaussée qu'à des frontistes de base, quand ce n'était pas aux deux à la fois.

Connus de tous les services de police de la région, ils avaient accumulé un nombre d'heures de gardes à vue à faire pâlir un écriveur germanopratin sniffeur de coke, de dépôts de plaintes à rendre fou de jalousie un présentateur producteur télé, et avaient été condamnés au moins quatre fois à des peines de prison avec sursis, ce qui était moins bien que certains chanteurs de rap.

Gabriel posa l'énorme dossier qui recouvrait ses genoux et dont les feuillets partaient dans tous les sens. Il l'échangea contre une bouteille de bière tiède avant de la porter à ses lèvres en jetant un œil sur le soir qui tombait derrière le rideau de pluie.

Le moins que l'on pouvait dire, c'était que ce portrait était loin de celui des charmants et avenants ornithologues engagés dans la lutte sociale et écolo que les habitants du coin s'efforçaient de dessiner.

Même si, de fait, il ne pouvait que se sentir proche des combats et des actions qu'ils avaient menés, il comprenait aussi que le nombre de personnes qui auraient pu avoir envie de les balancer depuis le sentier des douaniers jusqu'à l'océan n'était pas aussi réduit que ce qu'on voulait bien laisser entendre. Un paquet de monde pouvait se réjouir de la disparition de ces deux casse-couilles d'ultragauche.

Dans le couloir, le téléphone sonna et le tira de sa rêverie. Il entendit la mère Le Goff décrocher et, après avoir échangé quelques mots avec son interlocuteur, venir cogner discrètement à la porte du salon.

— Monsieur Gabriel ?

— Mmmmm ?

— C'est pour vous.

Le Poulpe tendit un tentacule qui sembla traverser la moitié de la pièce et se saisit du combiné avec un clin d'œil à sa logeuse.

— Ouais.

— Ça va gamin ? Tu profites du temps ?

— Fous-toi de moi Pedro ! Il pleut des cordes.

— T'avais qu'à aller passer tes vacances en Catalogne, au moins tu aurais eu du soleil.

— Dis, tu m'appelles juste pour causer météo ou t'as quelques biscuits à me filer ?

— T'énerve pas fiston, t'es censé te reposer, alors je viens prendre des nouvelles de ta santé.

— J'm'énerve pas. Et je me repose plus. Accouche.

— *Bueno,* j'ai retrouvé un ancien contact qui m'a filé un tuyau. Il devrait rester un type un peu moisi toujours en activité dans ton coin. Il ne connaît pas son nom et ne sait pas où le trouver, tout ce qu'il sait, c'est son code.

— Et ?

— Diogène.

— Diogène ?

— Ouais, comme le vieux dans son tonneau avec sa lanterne allumée en plein jour et qui a demandé à Alexandre de se barrer de son soleil.

— Et c'est tout ?

— Tu voudrais quoi, son adresse et son numéro de sécurité sociale ? Dans la clandestinité, moins tu en sais sur les autres, moins ils en savent sur toi, et moins on peut se balancer si on se fait choper.

— Et comment je vais le trouver ton cynique ?

— Comme d'habitude, tu vas chercher.

— C'est bien la peine que je te demande de l'aide. Bon, je suppose que si je lui mets la main dessus, il ne va pas juste se fier à mes beaux yeux. Je lui dis que je viens de la part de qui ?

— Tu lui dis que tu voudrais intégrer le Bagad de Lann-Bihoué. Il va te demander si tu sais jouer de la bombarde, et tu lui répondras que ton truc c'est plutôt le cromorne.

— Tu parles d'un code pourri ! T'as fini les fafiots au moins ?

— Ils devraient arriver demain.

— Bon c'est déjà ça. Allez, salut Tonton !

— Ouais, c'est ça, de rien. Et arrête de m'appeler Tonton, *maricón !*

Gabriel avait à peine raccroché que le téléphone se remit à sonner dans sa main.

— C'est pas vrai ! C'est un vrai standard ici ! Pension *Peinard Bed* j'écoute.

Au bout du fil un silence étonné.

— Allô ?

— Gabriel ?

— Lui-même.

— C'est Korydwen.

La voix était étouffée par les larmes. Il prit une intonation douce.

— Comment allez-vous ?

— Pas très bien. Je... les parents de Loïc viennent d'appeler... L'autopsie est terminée et... L'enterrement est prévu pour demain. Est-ce que... ?

Elle soupira, écrasant un sanglot, sans doute dans un mouchoir, à moins que ce ne soit dans sa manche.

— Je peux faire quelque chose ?

— J'aimerais... je voulais vous demander... Vous accepteriez de... ? Enfin, voilà... Comme on en a parlé l'autre soir... je voulais vous prévenir.

— D'accord. Je serai là.

Un nouveau silence, comme accompagné d'un profond soulagement.

— Merci.

Dans un murmure.

16

Dans le ventre de *L'Hermine d'Uluru,* Gabriel se trouvait seul à son bout de comptoir, tandis que de l'autre côté, la Femme bleue avait posé sa tête sur ses bras pour piquer un somme. Elle émettait un ronflement qui, de temps à autre, en prenant de l'ampleur, faisait chanter son verre sur le zinc.

Derrière lui, la salle était vide.

Stanley s'approcha, deux pintes à la main, qu'il posa devant eux, sur des sous-bocks ornés d'un kangourou blanc sur fond bleu. En signe de deuil, il avait noué des morceaux de tissu noir autour de son bras gauche et dans ses cheveux.

— Merci mon pote.

— Une Gueuze de Bretagne, pour nous remonter le moral.

Ils levèrent leurs verres et trinquèrent.

— Aux Siamois.

— Aux Malgorn.

Le Poulpe avala trois gorgées à l'arrière-goût prononcé de fraise, en jetant un œil de biais sur l'Aborigène qui avait marqué un temps d'arrêt.

— Tu seras là demain Stan ?

— Je crois, oui.

— Je pense que Korydwen compte sur toi.

— Elle compte sur nous tous.

Le silence retomba sur la salle. On entendait la pluie qui frappait les carreaux et le vent qui s'engouffrait dans la cheminée.

— Qu'est-ce qui te gêne ?

— Là où je suis né, les *dupun*, les rites funéraires, sont très différents d'ici. Ici, lorsqu'on meurt, on est enterré et le corps est laissé à l'abandon sous le sol. Là-bas, quand un homme meurt, on le lave, on le peint et il est placé dans un arbre creux jusqu'à ce qu'il soit décomposé. Lorsque ce temps du deuil est passé, on va récupérer les os, on les peint à nouveau et on les dépose dans un morceau de tronc évidé que l'on décore de *dhulang.* Puis on danse, on chante et on dresse des *larrakitj,* des totems. Quand ceux-ci tombent en poussière, rongés par le vent, le sable, le soleil et les pluies torrentielles, alors le deuil prend fin et on sait que l'âme du mort est allée rejoindre le Temps du Rêve.

Gabriel tourna la tête pour regarder le drapeau aborigène accroché au plafond et le désigna d'un coup de menton.

— En fait, tu n'es jamais vraiment parti.

— Lorsqu'on naît sur cette terre elle, te suit où que tu ailles.

Le Poulpe retourna à sa bière et laissa s'écouler les minutes, profitant du silence et de la présence apaisante de Stanley qui, lui aussi, semblait goûter la tranquillité du lieu. À l'autre bout du bar, la Femme bleue releva la tête, regarda autour d'elle, et retourna à ses songes dans un grognement.

Il sortit de sa poche son paquet de tabac et ses feuilles, en proposa au taulier qui hocha la tête, et se roula une sorte de boudin infâme. Il y mit le feu avant de laisser la fumée s'échapper de sa bouche dans un soupir de contentement.

— Tu connais pas mal de monde dans le coin Stan'!

— On peut dire ça, oui.

— Un type qui se fait appeler Diogène, ça te dit quelque chose ?

L'homme noir plissa les yeux, reposa sa bière en pinçant ses lèvres charnues et entreprit de se rouler une cigarette n'ayant rien à voir avec celle de son compagnon. Puis, sans le quitter du regard, il tira plusieurs bouffées, laissant le temps s'allonger.

— Qu'est-ce que tu cherches au juste ?

— Je cherche à savoir. Savoir qui avait intérêt, ou simplement envie, de faire disparaître Dilek et Loïc.

— Ils sont morts maintenant. Quelle importance ? En invoquant leur souvenir, tu empêches leurs âmes de rejoindre le *dreaming,* tu les obliges à errer ici, à nos côtés, alors qu'elles aspirent à quitter ce monde pour rejoindre les Anciens.

— Au contraire, je crois que si leurs âmes devaient rester, ce serait parce qu'elles ne sont pas parties en paix.

Stanley lui adressa un sourire chargé d'ironie et se plongea dans la contemplation de ses doigts, avant de tirer sur un brin de tabac qu'il laissa tomber sur le sol.

— Pour ceux de mon peuple, je suis un *wirringan,* un homme-médecine, ou un chaman, comme tu voudras. Je sais lire dans les cœurs et les esprits. Et dans les tiens Gabriel, malgré toutes les belles choses dont tu es rempli et la lumière qui t'anime, je ne vois rien qui ressemble à un sentiment religieux.

Le Poulpe baissa les yeux et se sentit rougir légèrement.

— Alors, s'il te plaît, laisse en paix les âmes de ceux qui sont partis.

Le Poulpe avala une nouvelle gorgée longue et sucrée.

— Tu n'as donc pas envie de savoir ce qui s'est réellement passé ?

— Cela ne les ramènera pas.

— Non, mais si quelqu'un est responsable de leur mort, alors il doit être jugé par ceux qui restent et souffrent.

— La vengeance est toujours violence, jamais soulagement.

Le regard de Gabriel se fit noir avec, tout au fond, une flamme qui s'agitait.

— Il ne s'agit pas de les venger. On ne venge que ceux que l'on aimait et je ne les connaissais même pas. Par contre, l'injustice, quelle que soit sa forme, me révolte.

— Tu vas te perdre dans une quête qui n'est pas la tienne.

— Si je ne le fais pas, qui le fera ?

— Et s'ils étaient simplement tombés ?

— Si tu es vraiment ce que tu prétends être Stanley, alors tu sais qu'ils ne sont pas tombés.

Ce fut au tour de l'Aborigène de détourner les yeux. Il attrapa sa pinte et la porta à sa bouche, buvant à petites gorgées. Enfin, il hocha la tête.

— Il y a un vieillard sur la lande, du côté de Saint-Géran, qui s'est construit une cabane dans un tonneau de cidre. On le dit moitié druide, moitié barde, moitié activiste. Je crois que certains l'appellent Diogène.

17

Le soleil n'avait pas percé les nuages au moment où on avait descendu les cercueils et aucune trompette n'avait retenti depuis les nuées pour saluer l'entrée de deux nouvelles âmes au paradis. Pas de messe, pas d'oraison, pas d'éloge, seulement les larmes, les mouchoirs, les accolades, les mains serrant les épaules, et des doigts qui se nouent à en devenir blancs. Les tombes avaient été creusées côte à côte, comme si, même dans la mort, Loïc et Dilek ne pouvaient être séparés. Et pour garnir le marbre, on avait apporté les plantes qu'ils avaient cultivées chez eux.

Un peu plus tôt et trois allées plus loin, on avait mis en terre les Malgorn, dans le même caveau. Là non plus, pas de messe, ni de curé, pas de promesse d'une vie éternelle aux côtés du Seigneur, mais les anciens de l'Union locale venus pousser la chansonnette. Autour de la pierre tombale, on avait doucement entonné *Le Chant des Partisans* en se tenant le bras, puis on avait sorti bombardes et binious pour le Bro gozh ma zadoù, l'hymne breton.

Quatre morts, trois tombes, ça faisait beaucoup pour une petite ville comme Saint-Cast-le-Guildo, surtout en une semaine.

Debout sous un ciel de plomb, emmitouflés dans leurs manteaux, deux couples âgés se tenaient serrés, les yeux brûlés par les larmes, les cheveux balayés par le vent, faisant tant bien que mal face à l'inexorable.

En retrait, les bras croisés, l'épaule appuyée contre un arbre, Gabriel le Jeune observait la scène, le front barré de rides compatissantes. Il ressassait une phrase qu'il aurait vue en épitaphe sur la roche froide des deux tombes.

> « Soyez légers, anonymes et précaires, comme des gouttes d'eau ou des bulles de savon : c'est l'égalité vraie, celle du Grand Casino de la vie ! [...] Soyez absolument modernes – comme Rimbaud – soyez nomades et fluides ou crevez comme des ringards visqueux ! »

Était-ce pour cela qu'ils étaient morts ? Pour ne pas avoir su courir avec leur époque ? Pour avoir cru en des idées qui auraient pu en freiner d'autres, voire le progrès, et les avoir défendues avec trop de hargne ? Pour avoir préféré le reste de la Nature à celui qui en voulait être comme maître et possesseur ? Un peu de tout cela à la fois ? Il allait se faire un devoir de le découvrir, et vite.

De l'autre côté du tronc, dans une semblable position, Gabriel l'Ancien faisait de même. Il était à ce point bouleversé que, pour la première fois en un mois, ils avaient dérogé à leur déjeuner sur le sentier des douaniers pour se retrouver ici.

Le cimetière n'était pas grand et l'assemblée le remplissait presque. Les parents, en avant, les chaussures collées au marbre presque à chuter dans les trous, Korydwen et Stanley juste derrière, avec quelques habitués du bar, une délégation des gardes de la Réserve naturelle et ornithologique du cap

Fréhel, tous les habitants de la pointe de Pléven, et quelques Castins que le Poulpe n'avait encore jamais vus. Et puis, tout au fond, près de la grille, il y avait un type. Un replet, avec une ample veste en coton, genre sport de plein air, qui, malgré la taille, lui arrivait au nombril. Elle était ouverte sur une chemise rouge à fleurs blanches et boutons nacrés, qui fit penser à Gabriel qu'Hawaï c'était décidément surfait. Son pantalon serré lui faisait un arrière-train de callipyge et il tenait à la main un énorme gobelet percé d'une paille sur laquelle il tirait régulièrement.

Le Poulpe fit un signe de tête dans sa direction à son compagnon.

— Ouais, je l'ai vu le *pélandron.* C'est dingue, ils ne se donnent même plus la peine de se planquer.

— R.G. ?

— En tout cas, ça y ressemble.

— Qu'est-ce qu'ils viennent foutre là ?

— Qu'est-ce que j'en sais ? Vérifier que le boulot a été bien fait et qu'ils ne sortiront pas du trou dans lequel on les a mis.

— Tu feras gaffe, là, on dirait moi.

— Déjà que ça sentait comme une sardine sur les rochers de Roba Capeu, mais avec ce qui s'est passé cette nuit…

Gabriel se redressa et étira ses longs bras dans son dos en cherchant Korydwen des yeux. Au milieu de l'assemblée, les croque-morts avaient fini de descendre les cercueils et remontaient les cordes. On allait passer à la pose du joint de ciment avant de sceller les tombes.

— Qu'est-ce qu'il s'est passé cette nuit ?

— C'est Gurwan, le jardinier du manoir de la Menardière qui m'a mis au jus. Il est passé sur le port d'Erquy alors que je buvais mon caoua. Des malintentionnés ont visité la baraque des Siamois pendant que tout le monde pionçait. Ils l'ont saccagée de fond en comble. Le comte a pas encore appelé les cognes, il voulait pas qu'ils puissent débarquer en plein milieu de l'enterrement.

— Il pense que quelque chose a été embarqué ton jardinier ?

— Il ne sait pas.

— Et le hangar, il a été retourné aussi ?

— Ça, il m'a pas dit.

Le Poulpe resta silencieux, assimilant l'information. Un peu plus loin, la mère de Loïc avait pris la main de Korydwen et pleurait en silence, tandis qu'on déposait sur le gravier les plantes en pot qui avaient encombré le salon et le bureau des deux amis. Derrière, sur une croix celtique recouverte de lichen, un goéland bourgmestre s'était posé et avait dressé son cou vers le ciel pour faire entendre son cri, comme dans un dernier salut, avant de lâcher une fiente sur la pierre et de prendre son envol.

D'ici quelques minutes, la petite foule allait quitter les lieux et on attendrait que tous soient partis avant de refermer les trous. Gabriel le Jeune vérifia dans sa besace la présence des papiers que Pedro lui avait envoyés et il se décolla du tronc.

— Reste là, je vais faire un brin de causette avec le Béru déguisé en Magnum.

Le rondelet n'attendit pas que l'assemblée se disperse pour mettre les voiles. Sans doute avait-il vu ce qu'il avait besoin de voir et, alors que les premiers se mettaient en mouvement, il passa les grilles d'un pas décidé.

Sur le petit parking qui faisait face à l'église, il s'apprêtait à monter dans une Twingo qui paraissait plus petite que lui quand le Poulpe le héla avec un accent belge à couper au couteau.

— Monsieur le policier ! Monsieur le policier !

Il s'approcha de lui, essoufflé comme s'il avait couru un marathon, en brandissant sa fausse carte de presse et faisant mine de chercher un stylo dans sa poche.

— Ah, monsieur le policier. Je suis désolé de vous déranger, n'est-ce pas. Gabriel Van Pulpen du *Courrier Wallon*. Je vois à votre visage que ne pensiez pas être découvert, mais dans mon métier nous apprenons à reconnaître au premier regard les glorieux membres de la maison de la Justice. Et si vous le permettez, je voudrais juste vous poser quelques questions sur cette tragédie.

L'autre le regarda avec un sourire en coin et posa une paluche aux doigts comme des saucisses sur le toit de la bagnole.

— Ne vous fatiguez pas Lecouvreur, le coup du journaliste, je vous ai déjà vu le faire.

18

Le rondouillard en était à sa deuxième pinte de Breizh Cola et levait déjà une main grassouillette vers Stanley pour signifier de lui faire parvenir sa petite sœur. Face à lui, le Poulpe, les bras croisés sur la poitrine, le dos collé à sa chaise, les yeux noirs sous sa casquette enfoncée jusqu'à la garde, venait de s'asseoir et faisait la gueule. L'autre lui sourit d'un air moqueur.

— Allez Lecouvreur, ne faites pas cette tête et prenez donc une bière.

— J'ai pas pour habitude de fraterniser avec les schmitts, et encore moins de boire des coups avec eux.

— C'est fou ce que vous pouvez être susceptible.

— Je suis pas susceptible !

— Eh ben ! Je ne sais pas ce qu'il vous faut.

Il aspira les dernières gouttes de soda dans un grand bruit de paille et échangea le verre vide contre le plein.

— Comment vous arrivez à boire ces saloperies ?

— Ça me permet de rester concentré.

Gabriel haussa les épaules et tourna la tête pour essayer de ne pas regarder le visage poupin du flic. Un quart de la population de Saint-Cast-le-Guildo devait être rassemblé dans le ventre de *L'Hermine d'Uluru* autour des parents de Dilek et Loïc. Les tables et le comptoir ayant été rapidement pris d'assaut, la plupart des clients se tenaient debout entre les chaises, circulant dans la petite foule où l'on s'échangeait souvenirs et anecdotes en trinquant et où, régulièrement, fusaient des éclats de rire.

En entrant, le Poulpe ne l'avait pas remarqué, presque planqué qu'il était à la table la plus reculée. Pourtant, avec sa chemise et son verre qui, dans ses paluches, ressemblait à une timbale de baptême, il ne passait pas inaperçu. Et alors qu'ils tentaient de rejoindre Korydwen au bar, le pandore l'avait hélé sans aucune discrétion, l'appelant par son nom d'emprunt, agitant sa pogne comme un drapeau.

— Bon, qu'est-ce que vous me voulez ?

L'autre continuait de sourire.

— Vous êtes parti tellement vite tout à l'heure que vous ne m'avez pas laissé le temps de me présenter.

— Ça m'intéresse pas !

Il fit mine de se lever quand l'autre posa une main ferme sur son bras, baissant le ton de sa voix.

— Ne jouez pas au con Lecouvreur ! Je suis là pour les mêmes raisons que vous et si vous voulez des réponses, je vous conseille de reposer votre postérieur là où il était.

Gabriel se rassit et planta ses yeux dans ceux, devenus aussi noirs que les siens, de son interlocuteur.

— D'accord, vous avez deux minutes pour me convaincre. Après, je me casse boire des verres avec mes potes.

Le gros avala une énorme gorgée de son breuvage et se pencha vers lui.

— Je m'appelle Roman Dragulescu et je travaille au département Eco-terrorisme d'Interpol.

Gabriel ouvrit tout grand ses mirettes, soudain plus intéressé.

— C'est vous qui avez rédigé le rapport sur les Siamois ?

Le flic plissa ses yeux jusqu'à ce que ceux-ci ne soient plus que deux petite fentes sombres au-dessus de ses joues roses.

— Comment y avez-vous eu accès ?

— Qu'est-ce que ça peut bien vous foutre ?

— Auriez-vous fait de brusques progrès en informatique Lecouvreur ?

— Absolument. Je sais maintenant qu'on dit souris et pas mulot, et lorsqu'il faut ouvrir une fenêtre, ce n'est pas celle de ma piaule. Et arrêtez de m'appeler par mon nom comme si j'étais en interrogatoire, ça fait cliché.

Le dodu se rencogna tant bien que mal dans le fond de sa banquette et aspira une nouvelle gorgée, vidant d'un coup le quart de son verre.

— Vous avez tort de la jouer ainsi. Que vous le croyiez ou non, je suis dans votre camp.

— Comment pouvez-vous savoir dans quel camp je suis ?

— Je vous connais depuis bien plus longtemps que vous ne le croyez. Depuis que vous avez franchi les frontières françaises pour la première fois, jusqu'à votre récent retour d'Afghanistan, j'ai toujours gardé un œil sur vous. Je sais où vous êtes né, qui vous a élevé, de qui vous étiez amoureux en classe de troisième, et l'adresse de votre dernier hôtel. Si j'en avais envie, je pourrais retracer tous vos déplacements ces vingt dernières années.

— Ça me ferait mal.

— Les faux papiers que vous fabrique Pedro Rufat, d'aussi bonne qualité soient-ils, ne peuvent tromper que cet imbécile de Vergeat. Confit dans sa misère intellectuelle, il n'a pas su évoluer avec son époque, ni apprivoiser les moyens qu'elle met à sa disposition. Mais pour quelqu'un comme moi, votre piste, aussi ténue soit-elle – et je ne peux qu'admirer votre art consistant à passer inaperçu tout en drainant derrière vous un monceau de cadavres – est aussi facile à suivre que celle d'un escargot.

— Pour quelqu'un comme vous ?

— Les lignes de programmation informatique et les donnée qu'elles comportent sont pour moi comme un livre d'images. Il suffit juste de savoir tourner les bonnes pages. Comme je peux me targuer d'être l'un des meilleurs dans mon domaine, il me reste parfois du temps libre que je mets à profit pour m'adonner à quelques hobbies. Et il se trouve que vous êtes l'un de mes hobbies préférés.

— Je ne suis pas sûr d'aimer la tournure que prend cette conversation.

Une fois encore Gabriel fit mine de se lever et une fois encore Dragulescu le retint d'une poigne décidée.

— Arrêtez de faire votre mauvaise tête. Vous croyez vraiment que si je ne vous avais pas à la bonne vous seriez en train de profiter de l'air breton ? Avec tout ce que j'ai pu rassembler sur vous au cours de ces années, je pourrais vous offrir une concession à l'ombre jusqu'à la fin de vos jours et au-delà.

— C'est une menace ?

— Mais c'est pas vrai ! Vous le faites exprès, non Comment est-ce qu'il faut que je m'y prenne pour vous faire comprendre que je suis de votre bord ? J'aime votre style, votre manière de faire, votre façon de vous occuper de tout sans jamais vous mêler de rien. D'une certaine manière vous me rappelez mon boss, Renzo Sensini, qui a développé avec classe l'art d'être toujours au mauvais endroit au bon moment. En tout cas, ce que j'essaye de vous dire, c'est que je sais ce que vous faites ici depuis quelques jours et que je suis là pour vous filer un coup de main.

— Bon, là, j'avoue que je pane que dalle.

Roman soupira une nouvelle fois et secoua la tête.

— Quand j'ai commencé à entendre parler de Loïc Brétiniec et Dilek Bugaled, ils venaient d'arriver dans le coin. Un de mes boulots à Interpol consiste à récupérer toutes les informations possibles circulant sur le Net au sujet de présumés activistes écologistes qui pourront être utilisés au cours de futures instructions. C'est comme cela que j'ai été amené à rédiger un rapport sur eux. Et voilà qu'il y a quelques jours, je tombe sur la une de *Ouest France.* J'ai donc mené ma petite enquête.

— Ce qui n'a pas dû être de tout repos.

Dragulescu se permit un sourire.

— Comme vous l'aurez certainement compris je ne suis pas vraiment un homme de terrain.

Le Poulpe laissa couler sur ses rondeurs un regard pour le moins moqueur.

— Ce n'est effectivement pas sous cet angle que je vous avais envisagé.

— Mais je compense mes carences physiques par une grande vivacité intellectuelle.

— C'est-à-dire ?

— Que je n'ai pas besoin de quitter mon bureau pour aller chercher les renseignements dont j'ai besoin.

— Quel genre de renseignements ?

— Je vais vous montrer.

Roman sortit de sa sacoche un ordinateur ultra-fin qu'il ouvrit et mit sous tension avant d'y connecter son téléphone cellulaire. Il attendit quelques secondes en buvant une gorgée de son soda armoricain, puis il se mit à pianoter sur son clavier avec une dextérité étonnante. Deux minutes plus tard, il tournait son portable vers le Poulpe.

Sur la partie gauche s'affichait un document qui ressemblait à celui qui, sur la moitié droite, lui faisait face. Il s'agissait de documents hautement prioritaires frappés du sceau de l'État et émanant de l'Institut médico-légal de Rennes, le premier ayant été rédigé cinq jours auparavant, le second le surlendemain.

— Qu'est-ce que c'est que ça ?

— Ce sont les rapports d'autopsie des Siamois.

— Comment ça, « les » ?

Roman Dragulescu laissa un sourire satisfait s'épanouir sur ses lèvres et finit sa pinte d'un seul trait.

19

Le Poulpe terminait une Sant Gwenole, les yeux posés sur l'écran qu'il ne parvenait pas à lâcher. Derrière lui, les mains serrées en poings au fond des poches de sa vareuse, Gabriel l'Ancien faisait grincer ses dents, laissant son regard aller et venir entre Roman et sa machine.

— Bon, qu'est-ce que c'est que ce *batchas* ?

— Vous avez devant vous les rapports d'autopsie concernant la mort de Dilek Bugaled et Loïc Brétiniec. Le premier est officieux et ne verra jamais le jour, mais on y trouve les circonstances exactes de leur mort. Le second est la version officielle corroborant l'hypothèse de leur chute accidentelle, version qui a été remise à toute personne autorisée à enquêter sur cette affaire.

— Mais qu'est-ce que ça signifie ?

Gabriel le Jeune respira un grand coup en poussant son verre vide sur le bois.

— Ça signifie qu'ils ne sont pas tombés tout seuls.

Le flic leva une main à l'attention de Stanley pour lui demander de remettre une tournée tandis qu'il tirait une chaise à l'attention du Niçois.

— Oh mais ils ne sont pas tombés du tout !

— Qu'est-ce que vous voulez dire ?

Il tourna le portable vers lui et se remit à pianoter rapidement. Lorsqu'il le repoussa vers ses compagnons, l'écran présentait une vingtaine de photos de différentes parties de corps humains en bien mauvais état.

— Qu'est-ce que c'est que ces horreurs ?

— Les corps de Dilek et Loïc après qu'on les a sortis de l'eau.

— Et qu'est-ce qu'on est censé voir ?

— Bon, venez-là, ce sera plus discret.

Les deux Gabriel se serrèrent sur la banquette, mais depuis le départ des parents des Siamois, la foule s'était un peu dispersée et ils se trouvaient presque isolés dans leur coin. Seule la Femme bleue, de l'autre côté du bar, semblait s'intéresser à eux, mais son regard flou permettait de supposer qu'elle naviguait sous d'autres latitudes.

— Regardez, là, cette photo, c'est celle du bras droit de Loïc figurant dans le premier rapport.

Il appuya sur deux touches pour en mettre une autre en regard.

— Et celle-là, c'est celle figurant dans le second.

Il attendit quelques secondes.

— Rien ne vous choque ?

Le Poulpe sursauta.

— Les poignets ont été retouchés !

— C'est tout à fait exact.

L'Ancien se rapprocha de l'écran.

— Mais pourquoi est-ce qu'on aurait fait une chose pareille ?

— Il semblerait que quelqu'un ait intérêt à faire croire qu'ils sont tombés de la falaise par un soir de tempête, alors qu'en fait ils n'y ont pas mis les pieds.

— Vous voulez dire qu'on ne les a pas balancés ?

— Non. Lorsqu'ils sont morts, ils étaient déjà dans l'eau.

— Je ne comprends pas.

— Il y a quatre sortes de blessures sur ces corps. Celles causées par des liens, aux poignets, comme ici, et aux chevilles, comme là. Celles dues aux vagues et aux rochers, comme celles-là ou celles-là. D'autres, dues au naufrage d'un petit bateau à bord duquel ils devaient se trouver. Et enfin, celles-ci, derrière la tête, qui ne peuvent être dues qu'à des objets contondants.

Tout en parlant, Dragulescu avait fait défiler les photos venant illustrer ses dires et ses deux compagnons avaient du mal à contenir leur malaise. Ce fut ce moment que Stanley-double-mètre choisit pour apporter leurs verres qu'ils accueillirent comme une cure salvatrice, et dont ils vidèrent chacun la moitié sans rien dire, faisant redescendre au fond de leurs estomacs ce qui ne demandait qu'à en sortir.

Le Poulpe se pencha à nouveau en se passant une main sur les lèvres. Ça faisait trop longtemps qu'il se coltinait avec la faucheuse pour ne pas être habitué aux abominations qu'elle abandonnait dans son sillage. Mais la vue de corps mutilés lui laissait toujours un arrière-goût dans la bouche qui mettait des jours à le quitter.

— Quand tu dis qu'ils étaient sur un bateau…

— Sur une barque ou quelque chose dans le genre. C'est la seule explication possible à cette multitude d'échardes enfoncées dans leurs corps. Si on envisage l'angle de pénétration dans les chairs, la profondeur à laquelle se trouvent la plupart des esquilles et surtout la taille de certaines d'entre elles, il n'est pas possible de conclure que tout cela ait pu être occasionné par le frottement des corps contre des morceaux de bois flotté.

L'Ancien essaya de couvrir l'amertume qui engourdissait ses papilles avec une nouvelle gorgée de bière.

— Ce que vous êtes en train de nous dire, c'est qu'on les aurait matraqués, ficelés, jetés dans une barque et poussés vers le large en pleine tourmente afin de se débarrasser d'eux.

— En gros, c'est le scénario.

— Mais qui aurait eu intérêt à faire ça ?

— Une personne qui a le bras assez long pour faire interrompre une autopsie, effacer le premier rapport en cours de rédaction, le faire remplacer par un factice et qui déteste qu'on vienne lui mettre des bâtons dans les trous.

Les deux Gabriel se regardèrent un bref instant en écarquillant les yeux et l'Ancien laissa retomber ses épaules.

— Tout ça pour trois piafs et une fosse septique.

20

Roman Dragulescu leva les mains pour calmer l'ambiance. Sous ses bras s'étalaient deux larges auréoles qui assombrissaient sa chemise à fleurs.

— Ceci étant posé, je ne voudrais pas qu'on s'emballe.

Le Poulpe haussa les sourcils en faisant jouer ses articulations.

— Qui pourrait être assez puissant pour faire effacer un rapport d'autopsie et en faire rédiger un autre si ce n'est pas lui ?

— N'importe qui. Il suffit d'un légiste pas trop scrupuleux et d'un paquet d'argent sur la table.

— Admettons. Et qu'est-ce que vous faites des Malgorn ?

Le flic passa une main sur son visage et aspira le fond de son verre pour reprendre un semblant de contenance.

— Écoutez, je n'essaye pas de détourner votre attention de la pointe de Pléven. Tout me pousse à penser que la mort de Dilek et Loïc est liée à cet endroit, mais on ne peut exclure d'autres possibilités. Ce que je veux dire, c'est qu'avec un minimum de savoir-faire et d'autorité, on peut arriver à beaucoup de choses. Je connais votre aversion pour le chef de l'Etat…

— Aversion c'est peu dire. Et quand tu dis état, j'entends la majuscule, ça me donne des sueurs froides.

— Il se trouve que c'est en partie lui qui me paye.

— Et il se trouve que je n'aime pas ton boulot.

Les yeux de Roman se perdirent dans la profondeur de ses joues rebondies. Sous les plis de la chair on voyait jouer les muscles des mâchoires, se gonflant et se relâchant comme un soufflet de forge. Une chose était certaine, s'il se mettait à mordre, les deux autres risquaient d'y laisser un morceau.

— Les cochons et les Bretons n'ont absolument rien à vous envier. Mais je ne me suis pas tapé toute cette route dans une bagnole ressemblant à un crapaud dépourvu de climatisation pour me laisser emmerder par un vieux libertaire sur le retour et un ex…

Il s'arrêta brusquement, se redressa et, une fois encore, prit une profonde inspiration. Puis il leva un à un, non sans une certaine grâce, ses doigts épais.

— Le préfet, pour ne plus avoir la confiance et l'amitié du président. Le commissaire divisionnaire qui s'est vu infliger un blâme pour n'avoir pas su contrôler la situation. Le PDG de l'entreprise responsable des travaux sur la pointe pour avoir perdu un juteux contrat avec l'État. L'ex-vice-président de Total Bretagne qui a été débarqué par ses actionnaires pour avoir fait la une de *Match* en caleçon, plumes et goudron.

Gabriel l'Ancien leva un doigt à son tour.

— Des membres de l'ARB, pour s'être fait barboter des armes sur lesquelles ils n'arrivent pas à remettre la main ?

Dragulescu hocha la tête et tendit une main vers lui, comme pour appuyer l'argument.

— Rien que ceux-là ont ce qu'il faut d'argent et d'efficace pour réduire au silence deux simples gardes de la Réserve naturelle et ornithologique du cap Fréhel avant de faire passer leur mort pour un accident. Et je n'évoque même pas la liste longue comme un jour sans galette complète de tous ceux qui auraient voulu les voir terminer la tête sur un rocher. Mais tout ça vous le savez, parce que sous votre crâne ça turbine comme un Pentium dernière génération. Vous êtes comme un Poulpe, vous avez tout dans la tête et dans les bras. Le reste, c'est du superflu.

Gabriel ne put s'empêcher de penser que Chéryl n'aurait peut-être pas été entièrement d'accord, mais se garda de le faire remarquer.

Il ne pouvait pourtant qu'approuver son interlocuteur qui affirmait qu'il visait trop haut. Mais il avait envie de trouver une raison, même mauvaise, pour foutre un bon coup de pied au cul de ce teigneux qui se croyait obligé de se pavaner dès qu'il apercevait une caméra, dont la totalité de l'être se résumait dans le paraître et dont l'activité principale consistait à brasser de l'air.

— Je suis sûr qu'il n'en reste pas moins responsable de leur mort.

— Et vous allez faire quoi ? Remonter à Paris, vous présenter devant la grille de l'Élysée, sortir vos gros flingues, plomber tout ce qui passe, défoncer la porte de son bureau et lui casser la figure ?

— Pourquoi pas ?

— Arrêtez de raconter n'importe quoi, vous seriez mort avant même d'avoir foulé le gravier de la cour.

— Oui bon ben ça va ! On a le droit de rêver un peu non ? T'as une autre proposition ?

Dragulescu fit face au Poulpe. Il se dandinait sur sa banquette comme un premier de la classe juste avant un exposé qu'il sait brillant.

— Maintenant qu'on a trouvé a priori le comment et peut-être le pourquoi, je vous propose de découvrir le qui.

— Et rien qu'à voir ta mine, j'ai l'impression que tu sais déjà qui c'est.

— Disons que j'ai de forts soupçons, mais ça ne veut pas dire que c'est lui.

Sur son clavier, les doigts de Roman devenaient de véritables sphinx colibris, tandis que sur l'écran, ils faisaient apparaître et disparaître des dizaines de fenêtres. Il était si absorbé par sa tâche qu'il ne vit même pas l'Aborigène poser leurs verres avec un froncement de sourcils circonspect.

Il s'arrêta au bout d'une minute, mettant en perspective plusieurs affichages et attrapa d'une main experte sa quatrième pinte de soda.

— Les avantages des nouvelles technologies liées à la communication vont de paire avec leurs inconvénients. Pratiquement où que vous soyez dans le monde, vous pouvez être joint ou joindre quelqu'un, ce qui vous permet de n'être jamais seul. La contrepartie c'est qu'il vous est quasiment impossible, quoi que vous fassiez, de dissimuler les traces de vos appels, mails et autres SMS. Eh oui messieurs, *the matrix is watching you,* merci M. Orwell. Or, il y a quelques mois, Loïc Brétiniec s'est mis à recevoir de curieuses menaces.

— Je les ai trouvées aussi, il ne les lisait même plus.

— Parce qu'il connaissait leur expéditeur, Erwan Quémeneur.

Gabriel l'Ancien fronça les sourcils.

— L'ex de Korydwen ? Il n'a quand même pas été assez con pour envoyer ces messages depuis son propre ordinateur ?

— Il n'en possède pas. Mais l'humain a, dans sa globalité, un comportement assez grégaire. Quand on prend régulièrement un bus, un métro, un train, on a tendance à s'asseoir à la même place, pour se constituer un territoire, se créer un espace à soi. Et quand on fréquente une salle de jeux, on fait la même chose. En remontant jusqu'à l'adresse IP de l'expéditeur, j'ai pu trouver où se situait la bécane qui servait de boîte d'envoi. Il m'a suffi de pirater la webcam intégrée à la machine pour obtenir une jolie photo.

Il fit apparaître sur son écran un Erwan en gros plan, un casque à micro sur le crâne, fort peu à son avantage. Le Poulpe se pencha pour regarder l'image d'un peu plus près.

— Je me doutais qu'il s'agissait de ce blaireau, mais ça ne fait pas de lui un tueur.

— C'est vrai. Mais il y a un peu plus d'un an il a reçu ce mail envoyé à partir d'un ordinateur public.

C'est d'accord.

1 000 par tête. 1 000 de mieux si vous ramenez les dépouilles.

Gabriel tendit une main vers l'écran.

— J'imagine bien de quoi il s'agit, mais ça ne prouve rien.

— Alors jetez un œil sur ces textos échangés il y a deux semaines avec un téléphone à carte prépayée.

On a un autre boulot pour vous.

Combien ?

10 000 par tête. Demain même endroit.

— Des appels ont aussi été échangés que je n'ai pas encore pu récupérer.

Le Poulpe, cette fois, serrait le bois à s'en faire péter les jointures. Il attrapa son verre pour avaler une gorgée réconfortante.

— C'est donc aussi simple que ça ? On a payé Erwan pour descendre les albatros puis Dilek et Loïc ?

De l'autre côté du ventru, l'Ancien avait fait de même avant de s'essuyer les lèvres d'un coup d'épaule.

— Eh ben, je comprends comment il s'est payé son 4X4 ce petit fumier.

— Quoi ?

— Tu ne l'as pas vu ? Ça fait trois jours qu'il monte et descend le boulevard de la Mer au ralenti, en prenant des poses, le coude appuyé à la portière, pour bien nous faire voir que c'est lui le roi du monde.

Le Poulpe, les sourcils froncés à s'en faire mal, souleva sa casquette, se gratta le front, la remit en place, se frotta les joues. À un moment de leur conversation il avait cru mettre le doigt sur un détail important, mais il lui avait échappé et ne voulait plus faire surface. Seule lui revenait cette phrase.

> « Ainsi toute autoroute est-elle d'abord une autoroute sociale, et ce qu'il faut appeler le *pétro-nomadisme* de la bagnole tourne souvent au *pétainisme à roulettes :* l'automobile, c'est d'abord le travail, la famille et la bêtise montés sur pneus. »

Puis soudain, entre deux mots, l'image d'une femme accoudée au bar, une bouteille de chouchen devant elle, le regard perdu dans le vide et le foie dans le même état que celui de Shane MacGowan, lui traversa l'esprit.

— Comment tu as dit qu'il s'appelait ?

— Erwan Quémeneur. Pourquoi ?

— Et merde !

Il se tourna brusquement vers le bar, mais la Femme bleue s'était évaporée.

21

— Comment j'ai fait pour ne pas me rendre compte qu'un truc clochait quand elle me parlait de lui ?!

Le Poulpe allongea la foulée, creusant encore l'écart qui le séparait de son compagnon. Derrière lui, encombré d'une proéminence abdominale due à un léger abus de bière et de fruits de mer, Gabriel l'Ancien soufflait comme une forge.

— Attends-moi *paillassou,* j'ai pas tes guiboles.

— Tu crois pas qu'elle aurait pu me dire que c'était sa tante et qu'elle l'avait élevé à la mort de ses parents ?

— Et pourquoi est-ce qu'elle te l'aurait dit ? Tout le monde est au courant ici.

— Et elle a osé me faire le coup du gentil garçon détruit par le malheur mais bien incapable de tuer quelqu'un, tout au plus de lui coller des beignes !

— Comment t'aurais pu imaginer ?

— Mais y'a pas à imaginer ! Y'a encore cinq ans, à peine un début de soupçon et je serais allé lui coller un pétard sous le nez et lui faire cracher le morceau. Tiens, en parlant de ça…

Il plongea sa main dans sa besace, vérifiant pour la quatrième fois la présence du pistolet détourné des sacs de grain.

— Mais non ! Au lieu de ça, j'ai passé mes soirées au bar ou à bouquiner au coin du feu !

— C'est normal, c'est les vacances !

— Je ne suis jamais en vacances ! Quand on se rend compte de la manière dont tourne le monde, comment est-ce qu'on peut prendre des vacances ? Pas moyen de poser mes fesses quelque part sans que me tombe dessus un paquet bien chaud et bien fumant !

— On aurait quand même pu prendre ta moto, ça aurait été moins fatigant.

L'Ancien grimaça et posa une main raide sur son flanc droit, sentant monter un point de côté.

— Marcher ça me défoule !

— Eh ben, on dirait pas.

— Quand je pense que je le tenais par l'oreille et qu'il m'aurait suffi d'une torsion pour la lui décoller. Ça me rend dingue !

En haut de la rue, ils aperçurent la place Anatole-Le-Braz sur laquelle Erwan louait un deux pièces. Le départ de la Femme bleue en plein milieu de l'après-midi laissait imaginer qu'elle avait du flairer quelque chose, mais la chance était un facteur qu'il ne fallait pas négliger.

En poussant la porte de l'immeuble, Gabriel sut immédiatement que quelque chose clochait. Une odeur diffuse disant que, non seulement l'oiseau n'était plus au nid, mais que, comme un coucou, il leur avait laissé une surprise. Il se saisit de son arme, prêt à dégainer.

Ils grimpèrent les marches, essayant de ne pas faire craquer le bois et, arrivés au second palier, marquèrent un temps d'arrêt. La profondeur du silence, troublé par une voiture remontant le boulevard de la Côte-d'Émeraude et la respiration encore secouée par l'effort du Niçois, les fit frissonner.

Le Poulpe colla son oreille contre la porte puis attrapa la poignée avec la manche de sa vareuse. La lourde s'ouvrit sans même qu'il eût à appuyer sur la clenche. Il recula d'un pas, sortit son pétard et, le bras tendu, repoussa l'huis du bout du pied.

Au milieu du couloir la Femme bleue gisait, les bras en croix, un téléphone à la main, un gros caillou pas loin de l'autre, le visage contre le sol, baignant dans son sang.

L'Ancien eut un geste vers elle, mais le Jeune lui barra le passage, le fit se retourner et le poussa dans les escaliers.

— Mais qu'est-ce que… ? On ne peut pas la laisser comme ça !

— Elle est morte. On ne peut plus rien faire pour elle. Bouge.

— Mais enfin !

— Bouge, je te dis.

Ils descendirent les marches quatre à quatre et sortirent presque en courant.

— À droite.

— Mais explique !

— Pas le temps, magne !

Ils s'engagèrent dans la rue de la Porte-Annette et rejoignirent vivement la rue des Corbières tandis que, derrière eux, remontant la rue de l'Isle, résonnaient les sirènes et les crissements de pneus.

— Tu comprends ?
— Les condés ? Mais comment… ?
— T'as vu ce qu'elle avait dans la main ?
— Son portable, et alors ?
— Et tu crois qu'elle appelait qui ? Douglas Colvin ?
— Tu penses que c'est pour ça qu'il l'a tuée ? Parce qu'elle a appelé les cognes ?
— Ou alors elle a essayé d'appeler après qu'il l'a laissée dans cet état. Mais on peut aussi imaginer que c'est Erwan qui a téléphoné afin que la police nous cueille sur les lieux du crime.
— C'est tiré par les cheveux.
— Mais pas impossible.
— Admets quand même qu'il faut être sacrément tordu pour penser à ça.
— J'en ai connu des pires.
— T'es un brin parano quand même.
— C'est pour ça que je suis encore en vie.
Ils accélérèrent le pas et, de petite rue en petite rue, regagnèrent le port où ils s'écroulèrent sur un banc. Gabriel l'Ancien sortit une fiasque de la poche intérieure de sa vareuse et avala une rasade avant de la tendre au Poulpe qui manqua de s'étouffer en recrachant le tout par les narines.
— C'est quoi ce poison ?
— Alcool d'artichauts du jardin. Distillé dans ma cocotte-minute. Je le garde pour les coups durs.
— La vache ! T'es sûr que c'est pas mortel ?
— Non. Mais ça met un coup de fouet.

— Celui-là de coup de fouet…

Il se frappa le sternum pour essayer de faire passer les dernières gouttes collées aux cordes vocales tandis que l'Ancien rangeait son bien à l'abri des regards, tout contre son cœur.

— Le problème maintenant, c'est de retrouver Erwan.

Le Poulpe grimaça en s'essuyant la bouche d'un revers de manche et cracha.

— Je ne pense pas que ce soit le genre de mec à partir en cavale. Il va se planquer dans un coin qu'il connaît en attendant que ça se tasse ou de trouver une solution.

— Et comment tu comptes t'y prendre ?

— On va demander à Korydwen.

22

Le temps qu'ils longent le boulevard de la Mer, le soir était tombé et, à l'ouest, le ciel rouge faisait miroiter l'océan. Mais les deux hommes, dissimulés sous un porche à distance des voitures qui bloquaient le passage, s'intéressaient plus aux lueurs bleues qui léchaient les murs de la rue d'Ar-Vro qu'à celles qui transformaient l'eau salée en « Bloody-Mary ».

— Tu vois où ils sont ?

Le Poulpe serra les poings et les dents.

— Devant chez elle.

— Tu crois qu'elle est… ?

— Non.

— Alors… ?

— Qu'est-ce que tu veux que j'en sache ?

— Bon, d'accord, je vais demander.

Avant que le Jeune ait pu réagir, Gabriel l'Ancien avait quitté leur abri et se dirigeait vers le barrage d'un pas traînant, affichant à la fois un air inquiet et détendu, comme si tout cela ne le concernait pas, mais quand même.

Il atteignit bientôt les deux espace blancs devant lesquels campaient trois képis et, un sourire aux lèvres, palabra avec un jeune. Puis il lui serra la main et lui tourna le dos. En passant devant le Poulpe qui jurait dans sa barbe, il lui fit signe de le suivre, le visage crispé.

— Tu pactises avec l'ennemi ?

Sa voix était à peine audible.

— Tu tapes bien la discute avec un flic d'Interpol.

— Mais je lui lèche pas les pognes.

— Ce gosse, c'est celui de mon voisin. Je vais quand même lui mettre ma main dans la tronche quand il me tend la sienne sous prétexte qu'il n'a pas choisi le bon côté de la justice !?

Ils se turent jusqu'à ce que, bifurquant dans la rue Alix, ils ne sentent plus le poids du regard policier sur leurs épaules. À peine au coin, l'Ancien s'effondra contre un mur.

— Quoi ?

— C'est la merde.

— Mais quoi putain ?

— Erwan est passé il y a une grosse demi-heure. Korydwen était avec les parents de Loïc quand il a surgi. Il avait l'air complètement dingue. Il voulait lui parler, mais elle ne voulait pas l'écouter. Alors il lui en a collé une, l'a attrapée, jetée dans sa bagnole et s'est enfui à toute blinde. Les vieux n'ont même pas eu le temps de réagir.

23

Dans la chambre de Roman Dragulescu, Gabriel faisait les cent pas autour de la table devant laquelle le flic était assis, pianotant sur son ordinateur et dévorant à pleines dents une énorme part de far breton garni de pruneaux. Derrière eux, l'Ancien s'était laissé choir dans un fauteuil.

— Qu'est-ce qui vous faire croire qu'il est chez lui ?

Le Poulpe retira sa casquette, la jeta sur le lit et fit de même avec sa vareuse. Malgré l'air frisquet apporté par la marée montante, il commençait à avoir chaud. Il se gratta vigoureusement la tête pour désemmêler ses cheveux et s'aider à réfléchir.

— S'il avait été tout seul, peut-être qu'il aurait tracé la route, pour mettre le plus de distance possible entre lui et la région. Mais il n'a pas pu s'empêcher de prendre Korydwen. Malgré tout ce qui s'est passé, il l'aime encore. Il lui faut trouver un endroit familier pour réfléchir, parler, peut-être contacter ses commanditaires pour qu'ils le sortent de là.

Tout en continuant de faire glisser ses doigts sur le clavier, Roman releva les yeux vers lui et s'envoya une gorgée de soda directement à la bouteille.

— Vous pensez vraiment qu'il est assez bête pour aller se réfugier chez Gaël Hoiarn ?

— Et pas qu'un peu.

— Bon alors, voyons ça. Gaël Hoiarn, né à Saint-Brieuc, 36 ans, chômeur très longue durée. À effectué des séjours en prison pour des raisons aussi variées qu'agressions, vols à main armée, à la tire, coups et blessures, détérioration de matériel public, incitation à la haine raciale, conduite en état d'ivresse et délit de fuite. Ah tiens, ça va vous intéresser, il est aussi connu de la FIFA pour avoir fait partie d'un groupe de hooligans aujourd'hui disparu, le FAF.

Gabriel le Jeune sursauta.

— Le Foot aux Français ?

À la fin des années 1990, si l'Angleterre était parvenue à contenir le problème de la violence dans les stades, le reste de l'Europe était encore à la traîne. On avait vu fleurir un peu partout des groupes de soi-disant supporters envahissant les tribunes pour le parfum de la bière et du sang plutôt que pour le jeu. C'est dans cette ambiance que, au stade du

Roudourou, la conviviale pelouse de l'En Avant de Guingamp, était né le bien nommé FAF. Au cri de « Assez de mangeurs de bananes dans notre championnat ! », leur but avait été d'épurer le football français de tous les « Mohamed, Youssef et autres Omar ». Autant dire que le Poulpe s'était fait un plaisir de leur casser la gueule[1].

— Mais celui-là, je ne le connais pas.

— C'est normal. Quand Bruno Gromezky et Jean-Albert de Mansart ont décidé de passer à un niveau supérieur dans l'action, le groupuscule s'est divisé en deux factions, la branche tribune officielle avec fanions, maillots et cris de singe, et la branche armée dissidente, avec cagoules et gros flingues. C'est avec ces derniers que vous vous êtes coltinés. Mais votre action a eu des répercussions et le FAF s'est retrouvé dans le collimateur d'autres groupes qui auraient préféré plus de discrétion. On a vite fait comprendre à ses membres que s'ils voulaient rester entiers, ils avaient intérêt à la mettre en veilleuse. Ils ont alors changé de nom et se sont déplacés sur Saint-Brieuc.

— Et c'est comme ça qu'ils ont recruté Erwan Quémeneur.

— Exactement.

— Et il habite où ?

Roman consulta rapidement sa fiche.

1 cf. *Kop d'Immondes*, Pelé & Prilleux, n°128.

— À Maroué, un village à quelques kilomètres au sud de Lamballe, sur la route de Landéhen. Il a hérité de la maison de ses parents, une vieille baraque de la région isolée au milieu des champs.

Il pointa un de ses doigts boudinés sur une image satellite prise quelques minutes auparavant. Dans l'allée, devant la porte, étaient garés une camionnette délabrée et un 4X4 flambant neuf.

Le Poulpe se jeta sur sa vareuse et l'enfila en quatrième vitesse tandis que l'Ancien ouvrait la porte.

— Je peux savoir ce que tu fais ?

— Tu crois quand même pas que tu vas y aller seul ?

— On n'a qu'un flingue, pas le temps pour aller en chercher un autre, et je n'ai pas l'intention de t'embarquer là-dedans.

— En fait, t'as pas vraiment le choix.

— Et tu vas faire quoi s'ils nous alignent ? Leur jeter des caillasses ?

Il ouvrit la porte à la volée et descendit les escaliers quatre à quatre, laissant derrière lui un Gabriel rouge de colère et hurlant une bordée de jurons nissarts.

24

La nuit était claire, illuminée par un de ces quarts de lune qui plongent dans le désespoir les cambrioleurs avertis. Gabriel avait planqué sa moto avant l'entrée du village et fait le reste du trajet à pied, dissimulé dans l'ombre des arbres qui bordaient la route.

Une minute auparavant, une voiture était passée, roulant au pas, l'obligeant à se coucher dans l'herbe. C'est dans cette position qu'il avait deviné, de l'autre côté de l'asphalte, au milieu du maïs, la silhouette du toit de la maison qui se dessinait sur le ciel.

Il décida de couper à travers champs, écrasant les pieds de maïs secs dont chaque craquement devait réveiller le village en fanfare. Mais lorsqu'il se retrouva à la lisière d'une pelouse parsemée de noyers morts, rien à des mètres à la ronde ne bougeait.

Au fond du terrain, derrière un grand tas de compost, il y avait un poulailler fait de planches, de tôle rouillée et de grillage, qui devait avoir du mal à retenir les gallinacés à cette heure endormis sur leurs perchoirs. Sur sa droite, une maison basse en pierres dépareillées laissait filtrer, au travers de ses volets disjoints, une faible lumière.

Tout, autour d'elle, semblait être à l'abandon, depuis le potager où ne poussaient que des herbes folles entre les tuteurs desséchés, jusqu'à la minable camionnette à plateau qui moisissait sur ses quatre pneus à plat, en passant par la cour recouverte de déchets échappés du monceau de sacs poubelles qui reposaient contre la grille d'entrée. Seuls le 4X4 d'Erwan et la lueur passant sous la porte, laissaient croire que cette demeure était encore habitée.

Le Poulpe se coula le long du mur, progressant dans la pénombre, et atteignit la première fenêtre sans se faire remarquer. Il attendit là un moment, puis glissa un œil entre les panneaux protégeant la fenêtre.

Il découvrit un bout de chambre couvert d'affiches qui ne laissaient aucun doute sur les orientations politiques de son propriétaire, ainsi que de posters de joueurs de foot internationaux. Le sol était jonché de canettes de bière et de cartons à pizza, et un peu partout sur des étagères, entourant quelques livres dépenaillés, étaient exposées des armes allant du poing américain au Crosman C11. Sur le côté, en partie cachés par le mur, on devinait la lumière vacillante d'une télé ainsi qu'un lit sur lequel reposait une Ranger usée.

Gabriel sortit le Taurus de sa besace et le soupesa un moment. Le contact du pétard ne lui parut pas rassurant, mais s'il venait l'envie au propriétaire des lieux de faire usage de son arsenal, il aurait au moins de quoi répliquer sans passer pour un charlot.

Il se glissa jusqu'à la fenêtre suivante, prenant soin de ne pas renverser un empilement de pots de fleurs bouffés par le lichen. Celle-ci ouvrait sur un salon éclairé par une ampoule à nu tombant d'un plafond rongé par le salpêtre. Deux canapés défoncés entouraient une table basse où reposait une pile de *France Football.* Erwan était assis dans celui lui faisant face. De l'autre, il voyait les cheveux en pétard de Korydwen qui dépassaient du dossier.

Il sentit au creux de son ventre ce frétillement caractéristique qui le saisissait avant de passer à l'action, comme une fourmilière en goguette sur son estomac. Il allait entrer en fracassant la lourde d'un coup de pompe, faire péter quelques cartouches histoire de coller les miquettes à tout le monde, et faire passer le goût du pain à ceux qui le méritaient.

Il resserra la prise autour de la crosse, inspira un grand coup, leva la jambe pour faire sauter la serrure et entendit derrière lui un grondement. Avant même qu'il ait eu le temps de se retourner, une puissante mâchoire lui déchira le bras, tandis qu'une autre se refermait sur sa cuisse. Il lâcha son pistolet, poussa un cri et sentit le poids de deux énormes pattes s'abattre sur son dos. Il bascula, frappa de plein fouet la porte, puis la marche en granit qui y menait.

25

Il fut réveillé par un verre d'eau froide qui coula le long de son visage, puis sur son torse et son dos, le faisant douloureusement frissonner.

Ses yeux s'ouvrirent sur le visage de Gaël mastiquant un cure-dents qu'il faisait passer d'un côté à l'autre de sa bouche à coups de langue nerveux. Il se tenait à côté de Korydwen, le pistolet de Gabriel à plat sur sa cuisse, avait posé son coude sur le dossier du canapé, et jouait de ses gros doigts courts avec les épis de la jeune femme. Elle ne semblait pas avoir été violentée, mais ses yeux courant d'un carreau à un autre et ses bras serrés autour de sa poitrine disaient qu'elle était en état de choc. Derrière eux, Erwan faisait les cent pas en rongeant ses ongles, tandis qu'à leurs pieds étaient couchés, la gueule sur les pattes avant croisées, deux bullmastiffs au regard faussement placide.

Gaël agita l'arme dans un geste qui se voulait désinvolte.

— Alors mec, j't'avais pas dit qu'on se retrouverait ?

Le Poulpe avait été jeté dans le second canapé, les poignets ficelés dans le dos et les pieds attachés. Tout son corps n'était que douleur et il sentait ses blessures pulser. Il fit rapidement le tour de la situation pour en conclure qu'elle était aussi brillante que le crâne pelé de Kojac après un coup de soleil.

— Écoute, on ne va pas...

L'autre se leva d'un bond et appliqua le canon sur la narine droite du Poulpe. Puis il força un peu en tournant, comme pour le lui faire entrer dans le nez.

— C'est toi qui vas m'écouter connard, parce qu'aujourd'hui je suis du bon côté du flingue et que t'es tout seul dans ton slip. T'as pas ton négro et son bâton pour te filer un coup de main.

Son sourire se fit mauvais.

— Alors, qu'est-ce que tu faisais dans ma cour avec ce truc ? Tu venais chercher la petite ?

La pression se fit plus insistante et du sang commença à couler dans la gorge de Gabriel.

— T'as pas pensé qu'elle pouvait être là parce qu'elle le voulait ?

Il se détourna vers la jeune femme toujours prostrée.

— Korydwen, je vous promets que ça va aller.

Mais Gaël lui attrapa les joues et l'obligea à pivoter la tête. Une douleur aveuglante fusa à travers son cerveau.

— C'est moi qui te parle trouduc, c'est moi que tu regardes. Elle, elle a rien à dire. Si je dis qu'elle est là parce qu'elle le veut, alors elle est là parce qu'elle le veut et t'as rien à promettre. Pas vrai, pétasse ?

Il dirigea son arme sur Korydwen qui poussa un cri et resserra l'étreinte de ses bras. Erwan posa brusquement ses mains sur le dossier du canapé et se pencha en avant pour s'interposer.

— Lâche-la, Gaël !

Le pistolet se tourna vers lui.

— Toi, tu la fermes !

Tout en hurlant, il l'agitait et serrait de plus en plus la crosse, les jointures de ses doigts blanchissant sous la pression.

— T'as toujours pas compris que t'étais une merde juste bonne à éplucher les frites qu'on bouffera dimanche sur le bord de la pelouse ? Regarde-la ! Tu crois qu'elle voudrait d'un mec comme toi ? T'es rien ! Zéro ! Peau de zob ! Un reste de morve de porc sur du lisier ! T'es juste bon à flinguer des piafs ! Mais dès qu'il s'agit d'un mec, là, y'a plus personne !

Le Poulpe ouvrit ses yeux en grand et se redressa. Gaël ricana avant de lui coller l'œil noir sous le menton.

— Qu'est-ce qu'y'a man ? Ça t'étonne ? Tu croyais que c'était lui les Siamois à la mer ? Mais dans quel monde tu vis ? C'est Ploucland ici ! Le pays des trous de balle ! De ceux qu'ont rien dans le sleup et laissent les copains faire le sale boulot !

Il repoussa Gabriel dans le fond du canapé pour l'empêcher de bouger tout en faisant remonter le métal le long du maxillaire jusqu'à sa tempe. Sur ses lèvres, le Poulpe sentait le goût du sang qui dégoulinait de son nez. La voix se transforma en un murmure acide tandis que l'haleine parfumée à la mauvaise bière enveloppait l'atmosphère.

— Tu vois fouineur, ça fait quelques jours qu'on se demande comment te dézinguer et voilà que tu te jettes dans nos pattes. Elle est pas belle, la vie ?

Erwan, les mains tremblantes, le visage blanc autour de ses piercings, contourna le canapé.

— Arrête ça. Pas ici, pas comme ça.

— Mais c'est qu'elle me donnerait des ordres, la tarlouze ! Qu'est-ce qui te prend ? D'habitude faut que quelqu'un te tienne la main ! Tout ce dont tu es capable, c'est de buter une vieille alcoolo sur le pas de ta porte.

Gabriel tenta de se dégager d'un coup d'épaule.

— Alors c'est toi qui les as tués ?

Mais les mains et les pieds attachés, trop enfoncé dans les coussins défoncés, il ne pouvait prendre appui sur rien qui puisse lui donner assez de force. Gaël le maintint sans mal.

— Mais oui, bouffon, les Siamois dans leur barque c'est moi, les Malgorn dans leur poubelle, c'est aussi moi. Et toi sous mon tas de compost, ce sera encore moi. Mais la clodo, c'est lui.

— C'était pas une clodo !

— C'était même pire que ça ! Et t'as bien fait de la rétamer ! Elle t'aurait balancé ! Et on aurait fini notre vie en taule ! Mais maintenant, il ne reste qu'un détail à régler, et on pourra retourner à nos vies, peinards !

Il se leva pour dominer le Poulpe de son quintal et pointa le calibre sur son front.

— T'es pas obligé de faire ça, vous ne m'intéressez pas. Je veux juste savoir qui vous a payés pour tuer Dilek et Loïc. Si tu me donnes son nom, je me casse et je vous fous la paix.

— Mais qui te dit qu'on a envie de le balancer ? Un type comme ça, c'est de l'or en barre, on peut lui faire cracher un maximum !

— Tout ce que tu vas réussir à faire, c'est à te faire descendre.

— Oh, mais t'es voyant aussi ! Tu veux pas me dire où et comment ?

Alors que les chiens se levaient d'un bond en grondant, la porte s'ouvrit à la volée et la voix de l'Ancien emplit l'espace.

— Ici et maintenant !

Deux coups de feu claquèrent. Gaël s'effondra sur la table basse, entraînant avec lui la pile de *France Football.*

26

L'odeur de la poudre se répandit tandis que deux nouveaux coups accompagnés de jappements retentissaient dans l'espace clos du salon, faisant vibrer les oreilles du Poulpe comme si on venait d'entamer un concert d'enclumes. En face de lui, Korydwen s'était couchée en hurlant, les mains plaquées sur la tête, tandis qu'Erwan s'était jeté à terre.

Il y eut le claquement d'un fusil qu'on recharge, le dernier râle d'un chien qui agonise, les sanglots de la jeune femme, puis Gabriel l'Ancien vint s'accroupir devant lui en planquant un Beretta 92 dans son pantalon. En voyant sa figure changer, il se fit la remarque que sa trogne ne devait pas être plus belle à voir que celle de Joseph Merrick, puis le Niçois se dessina un sourire de circonstance et tapota sa joue.

— *Aloura bicou,* t'as décidé de te recycler dans le *freak ?*

Le Poulpe tenta lui aussi de sourire, mais sa mâchoire pleine de verre pilé l'en dissuada. Il se contenta de se pencher, désignant ses mains ligotées, que son ami libéra à l'aide d'un vieux canif de pêche.

Pendant ce temps, Stanley-double-mètre était passé de l'autre côté de la pièce et tenait en joue Erwan avec un vieux Winchester M12 à canon scié. Il avait posé un pied sur le poignet du jeune homme et l'écrasait, l'empêchant de bouger.

La jeune femme se tenait toujours recroquevillée, la tête entre les mains, sanglotant sans pouvoir s'arrêter, le visage enfoui dans un vieil oreiller crasseux. Gabriel s'approcha à genoux, passa un bras autour de ses épaules et la fit tomber sur le sol pour la serrer contre lui.

— Je suis désolé de n'être pas arrivé plus tôt.

Il resta ainsi un moment, dans l'odeur du sang et des cartouches, la berçant, passant une main dans ses cheveux et sur sa joue, essuyant ses larmes qui, en coulant sur sa vareuse, se mêlaient à ses propres humeurs.

L'Ancien, après avoir ramassé le Taurus et vérifié du bout du pied que Gaël ne causerait plus de soucis, se dirigea vers la fenêtre et jeta un œil sur la cour et la petite route qui la longeait. Les flics n'allaient pas tarder à arriver, prévenus par un voisin inquiet d'être le témoin d'une fusillade au beau milieu de la nuit.

Il fit un signe à l'Aborigène, éteignit les lumières, ouvrit la porte, s'approcha du Poulpe et posa une main sur l'épaule de la jeune femme.

— Je sais que c'est difficile, mais il faut qu'on décanille. Avec le pétard qu'on vient de faire, on va avoir de la visite.

Elle hocha affirmativement la tête et se moucha dans la manche de son pull.

La voix rauque et chaude de Stanley traversa la nuit.

— Et lui, on en fait quoi ?

— On l'embarque, il doit avoir plein de belles choses à nous raconter.

L'Ancien aida le Jeune, auquel Korydwen s'agrippait de toutes ses forces, à se relever et leur servit de béquille jusqu'à une Clio bleu marine. La tête du Poulpe lui tournait et il sentait la morsure de ses plaies lui vriller les nerfs, mais il parvenait à tenir debout. Derrière eux, Stanley avait redressé Erwan d'un geste sec et le poussait droit devant lui, le métal de son fusil enfoncé entre les omoplates. Il le fit grimper à la place du conducteur sans un mot, puis s'installa à côté de lui, son arme braquée vers son visage, et lui tendit les clefs.

— Tu conduis. Et si tu fais le moindre faux mouvement, tu iras rejoindre ta tante.

Les trois autres montèrent à l'arrière, et la voiture passa le portail au ralenti avant de se diriger vers la Nationale.

Gabriel, la jeune femme toujours collée à lui, se tourna vers son ami qui regardait le paysage en grattant sa barbe blanche.

— Je t'avais dit de pas venir.

— Dans mon pays, on est aussi testard que dans le tien. Il suffit qu'on nous dise de pas faire quelque chose pour qu'on le fasse.

— Je ne peux que te remercier.

Il serra les dents sous le coup de la migraine qui enveloppait son crâne et toucha son front. Une énorme bosse craquelée y avait poussé, recouverte d'une croûte encore poisseuse.

— Comment vous êtes arrivés ici ?

— Après que tu m'as laissé en plan, j'ai foncé aussi vite que mon bide me le permettait à *L'Hermine* et j'ai mis Stanley au jus, pour les Siamois, la Femme bleue, l'autre brêle au volant et tout le reste. Il a pris les clefs de sa voiture, et on a foncé jusqu'ici.

— Et les flingues, vous les sortez d'où ?

Stanley se retourna à moitié pour lui jeter un sourire.

— J'en ai toujours dans le coffre au cas où je rencontrerais un *roo* sur la route. Faudrait pas laisser passer l'occasion.

— Tu m'en diras tant.

27

Ils avaient garé la voiture derrière le bar, et après avoir vérifié que personne ne les avait vus, étaient entrés dans *L'Hermine d'Uluru* par la porte des livraisons. En attendant Roman Dragulescu qu'ils avaient réveillé quelques minutes avant, ils s'étaient tous les cinq assis à une table, Stanley et l'Ancien gardant leur arme à portée de main. Pour l'occasion, le taulier avait sorti un breuvage plus proche de l'eau que de la mousse, le genre de ceux qu'il gardait pour les fins de soirée trop arrosées, lorsque les poivrots ne faisaient plus la différence entre une Tartarin's Top Tipple et une 16'.

Le Poulpe, qui avait consciencieusement pansé ses plaies, pointa son menton vers Erwan.

— Alors, t'accouches ?

— J'ai rien à vous dire.

Dans l'ombre du bar, la peau de l'Aborigène avait pris des teintes mates qui absorbaient la faible lumière et faisait ressortir ses prunelles presque noires. Lorsqu'il se pencha vers lui et que sa voix se fit polaire, Erwan ne put retenir un frisson de terreur.

— Je connais des moyens de te faire causer qui, à leur simple évocation, te feront dresser les cheveux sur la nuque. Parmi ce qu'il y a de moins atroce, je peux laisser s'infiltrer en toi l'esprit des fourmis à miel pour qu'elles rongent ton âme, puis retourner tes yeux pour que tu puisses jouir du spectacle. Je peux aussi réduire ta langue en cendres en invoquant la lumière du *bush* ou déchirer ta peau en appelant à moi la force des tempêtes. Ou alors, je peux te coller un pruneau dans le genou. Parle !

Erwan porta son verre à ses lèvres mais répandit sur la table une partie de son contenu. On était loin du gros bras qui frimait sur le port et jouait au caïd en écrasant des canettes vides entre ses mains velues.

Il ressemblait plus à une serpillière en fin de carrière, oubliée sur le couvercle d'une poubelle, qu'à Marlon Brando vêtu de son célèbre marcel.

Il jeta un œil éperdu à Korydwen qui semblait prête à le rouer de coups, et laissa retomber son menton sur sa poitrine.

— L'année dernière, au mois de mars, j'avais plus un rond et j'allais être mis à la porte de chez moi, mais un mec est venu me voir dans un bar de Saint-Brieuc où je traînais.

— C'était qui ce type ?

— J'en sais rien, un grand, costard, cravate, le genre que t'as pas trop envie de chercher parce que les bosses de sa veste cachent pas que du muscle.

— Et il s'appelait comment ?

— Il m'a pas dit.

— T'étais pas curieux ?

Erwan laissa éclater sa peur et sa colère.

— J'avais plus de boulot, plus de meuf, bientôt plus d'appart', j'étais bourré 24 sur 24, le reste du temps je cuvais devant la téloche, et le ouiquend j'étais au stade avec les potes ou je les retrouvais au parking de Super U pour tuner nos bagnoles ! Y m'a dit qu'il apportait une solution à mes problèmes et de pas poser de questions. C'est ce que j'ai fait !

Un silence nerveux se fit, que le Poulpe rompit en voyant ses compagnons reposer une main sur la crosse de leurs pétoires.

— Et alors ?

— Alors, il en savait autant sur moi que j'en connais sur le foot. Il m'a raconté ma vie et m'a proposé un boulot super bien payé.

— Ça consistait en quoi, exactement, ce boulot ?

— Descendre trois faisans, deux adultes et un jeune, et refiler leurs cadavres dans un entrepôt du port.

— Le problème c'est que c'était des oiseaux protégés.

— Qu'est-ce que j'en savais moi, c'était des oiseaux, c'est tout.

— T'as quand même dû t'apercevoir qu'il s'agissait du couple d'albatros qui nichait sur la pointe de Pléven et que ça pourrait bien faire chier Loïc, non ?

Erwan serra les dents et ses mains se tordirent comme des bestioles. Sur ses joues, le long de ses pattes, une larme de rage coula entre les poils drus.

— Et la suite ?

— En fait, personne s'est rendu compte que je les avais butés. J'avais attendu la fin du printemps, que le jeune soit grand, qu'il puisse presque voler…

L'Ancien secoua la tête, l'air dégoûté.

— Ce qui fait que quand les Siamois se sont rendu compte de leur absence, ils ont conclu qu'ils avaient pris leur envol.

Le Poulpe se pencha vers Erwan, les dents serrées.

— Ça a dû te foutre les glandes ?

— Quoi ?

— De ne pas pouvoir savourer cette revanche ?

— Qu'est-ce que j'en avais à foutre de l'emmerder avec trois moineaux ? Tout ce que je voulais, c'était récupérer mon fric et payer mon loyer. Je voulais juste pas finir clodo.

— C'est tout ce que tu aurais mérité, sale con !

Erwan releva la tête comme s'il venait de recevoir une gifle lorsque Korydwen renversa sa chaise et se dirigea vers l'autre bout de la salle, les mains tenant ses coudes. Il bondit pour la retenir, mais deux flingues se dressèrent, le coinçant contre le dossier de la banquette. Il leva les mains tandis que l'Ancien desserrait à peine les mâchoires.

— Que ce soit bien clair. Tu es perdu pour la cause, un dommage collatéral, une brindille dans le brasier de Mogadiscio, une larve de drosophile dans la fosse septique de la Maison Blanche. Le moindre geste brusque, la plus petite parole suspecte qui nous fasse penser que tu veux jouer un tour à la Harry Houdini et tu t'en vas rejoindre la quatrième zone du neuvième cercle des enfers destinée aux traîtres. *Capicce ?*

Le jeune homme baissa les mains en déglutissant et hocha la tête. Le barman lâcha alors son fusil et fit mine d'aller rejoindre son amie, mais le Poulpe posa les doigts sur son bras en secouant la tête.

— Elle a besoin d'être seule, et elle a déjà dû entendre la suite.

L'Aborigène jeta un coup d'œil à la jeune femme, opina du chef et avala une gorgée insipide pour se donner une contenance.

28

La porte de la cuisine s'ouvrit alors sur l'imposante carrure de Roman qui avait enfilé à la hâte une large chemise rose à fleurs bleues et un short rouge vif décoré d'îles de sable fin plantées de palmiers. Il s'assit en déployant son ordinateur et un sourire innocent tranchant avec l'ambiance tendue du bar.

— J'ai raté quelque chose ?

— On allait lui demander ce qu'il avait à voir avec la mort des Siamois.

Erwan se rencogna dans la banquette, un air soudain affolé au fond des yeux.

— Gaël vous a dit, les Siamois c'est pas moi !

— Et c'est qui alors ? Sid Vicious ?

— C'est lui.

Le flic laissa échapper un gloussement.

— Le mort, comme c'est pratique.

— Je vous jure que c'est pas moi.

— Et comment t'expliques tout ça ?

Il tourna l'écran vers l'homme en salopette pour lui montrer les copies des mails et SMS. Si le visage de ce dernier avait pu se décomposer et blêmir encore, on aurait pu le prendre pour Max Schreck. Malheureusement, il donnait juste l'impression de s'être jeté à la hâte de la farine de riz sur les joues, comme pour masquer une virulente poussée d'acné.

— Les mails ça n'a rien à voir, c'était pour qu'il se chie dessus, c'était pas des vraies menaces.

— C'est pourtant ce que c'est devenu gros malin.

— Je vous jure que c'est après que ça a dérapé. Quand j'ai vu Costard-cravate cette année, j'ai cru qu'il voulait que je bute encore un animal ou deux, j'ai pas pensé qu'il voulait que je tue des mecs. C'est pour ça qu'au début j'ai accepté, je croyais que c'était des amateurs de bestioles empaillées, qu'ils voulaient des trophées.

Quand je suis allé au bar, il était déjà là. Il a poussé une enveloppe devant moi. Dedans y'avait la photo des Siamois, il m'a dit qu'il fallait les descendre, il s'en foutait de la manière, fallait juste que ça puisse passer pour un accident ou un suicide, qu'après il se chargeait de trouver une excuse, que pour moi ce ne serait pas trop compliqué puisqu'il y en avait au moins un que j'avais de bonnes raisons de voir disparaître.

Roman se leva, fit le tour du bar de son pas dandinant, ouvrit le frigo et se saisit d'une canette qu'il vida en une gorgée. Il patienta deux secondes, étouffa un rot et sortit trois boîtes avant de se rasseoir. Les autres avaient observé son manège comme s'il s'était agi d'un ballet. Il haussa les épaules et sourit d'un air bonhomme.

— Et tu vas essayer de nous faire croire que tu as dit non ? Tu nous prends pour des buses pas vrai ?

Erwan sursauta en se récriant.

— Dégommer des piafs c'est pas pareil que des types ! Je veux bien être chasseur, pas meurtrier !

— Mais le problème c'est que la fois d'avant, comme un imbécile, tu avais rapporté les cadavres des albatros.

Le Poulpe enchaîna en faisant tourner son verre.

— C'étaient pas des amateurs de taxidermie, ils les avaient gardés comme preuves.

L'ancien pêcheur se triturait frénétiquement la brosse.

— Ils m'ont dit que si j'acceptais pas ce boulot, ils me balanceraient aux flics et que pour avoir tiré trois oiseaux j'irais en taule, et puis qu'ils se démerderaient pour qu'en sortant je me retrouve à la rue.

— Et t'as gobé un truc pareil ?

— Mais putain, je suis beurré les trois-quart du temps, qu'est-ce que j'en sais moi de ce que je risque à éclater de la volaille ?

— Alors, t'as accepté.

— Alors, j'ai accepté.

Il descendit le reste de sa bière et reposa le verre sur le bois, jouant avec le rond d'eau qui s'était formé sur le vernis.

— Et puis, avec ce que j'avais déjà, en cumulant avec d'autres petits boulots, j'avais mis une option sur mon 4X4. Si je versais pas le reste, j'allais devoir faire une croix dessus. Mais je pouvais pas faire ça, j'allais pas buter ces deux connards…

Le Niçois lui colla une baffe qui figea tout le monde.

— Tu changes de vocabulaire.

Une seconde larme de rage coula sur sa joue et on entendit grincer ses dents en même temps que craquer ses articulations. Puis il enfouit ses *barbells* dans ses mains et se mit à pleurer pour de bon.

Les quatre hommes le regardèrent avec dégoût et entendirent claquer derrière eux la porte de la cuisine d'où s'éleva bientôt *Anarchy in the UK,* poussée à plein volume. Ce spectacle pitoyable avait fait fuir Korydwen là où elle ne pourrait plus ni le voir ni l'entendre.

Excédé, le Poulpe le bouscula, le forçant à relever la tête, et lui aligna une autre mandale.

— Bon allez, ça suffit la comédie ! C'est bien beau de faire le joli sur le front de mer avec ta bagnole de branleur ou d'aller castagner un mec à douze contre un, mais après faut assumer ton statut. Alors tu termines ton histoire.

Erwan renifla en ravalant ses larmes et reprit son souffle. Au point où il en était, autant tout balancer.

— J'ai pas pu, je pouvais pas les buter. Je voyais pas comment faire, j'allais pas rentrer chez eux avec mon fusil et les descendre là, comme ça. J'ai cherché, j'ai réfléchi…

— Ce qui ne devait pas être facile.

Il jeta un coup d'œil vers Stanley, mais ne releva pas.

— Ils m'avaient donné quinze jours et je voulais pas savoir ce qui arriverait si je faisais pas le boulot.

Roman, qui venait d'écluser sa deuxième canette de Breizh Cola, éructa cette fois la bouche ouverte.

— Pardon. C'est pour ça que tu es allé trouver Gaël Hoiarn.

— Il était prêt à faire n'importe quoi pour ramasser du fric et je lui avais raconté pour les oiseaux. J'ai pensé que si je lui donnais une part, il pourrait me trouver une idée.

— Mais il a vu plus grand.

— Il a voulu rentrer dans la combine, qu'on fasse moit' moit'. Il disait que je m'étais fait avoir, que j'avais même pas essayé de négocier, il voulait qu'on appelle Costard-cravate, qu'on demande une augmentation. Moi, j'étais pas d'accord, je voulais juste qu'on trouve une idée pour que les Siamois aient un accident, mais il s'est mis à hurler et on s'est battu. Quand j'ai pu me relever, il m'avait piqué mon portable et appelé le seul numéro inconnu qu'il y avait dedans. Il s'est engueulé avec quelqu'un pendant un bon moment, puis il a balancé le téléphone à l'autre bout de la pièce. Il s'est planté devant la fenêtre pour regarder la flotte qui commençait à tomber sévère et les chiens qui aboyaient contre les nuages comme des cons.

Le Poulpe posa une main sur son front pour atténuer la polka des pois sauteurs dans sa calebasse, mais cela ne changea rien à la douleur.

— C'est là qu'il a eu l'idée de les jeter à l'eau.

Erwan opina du chef.

— Il s'est mis à faire les cent pas avec des grands gestes. Il disait qu'on avait pas besoin de les buter, qu'on allait laisser faire la tempête... Bien sûr, faudrait lui filer un petit coup de main, mais après tout, on lui devrait bien ça. Au mieux, on retrouverait jamais les corps. Au pire, ils seraient ramenés par la houle, mais dans un tel état qu'on pourrait pas les reconnaître.

— Et t'as trouvé que c'était une bonne idée.

— Sur le coup.

— Tu as eu l'impression que tu serais moins coupable.

Il baissa la tête et murmura.

— Oui.

29

Stanley secoua ses cheveux blancs en signe de résignation. D'un geste las, il lui fit signe de continuer.

— On est allé les cueillir quand ils sont rentrés chez eux. On les a attendus dans leur garage et on leur est tombé dessus quand ils sont descendus de leur bagnole. Puis on les a ficelés et on les a embarqués dans la caisse à Gaël. Ensuite, on a roulé jusqu'à l'embarcadère du cap Fréhel où on avait laissé son bateau. Là, on a gratté une barque et on les a remorqués.

— Je croyais que c'était Gaël qui avait tout fait, j'ai l'impression que t'as été drôlement actif.

Erwan ne réagit pas plus à cette remarque de l'Ancien qu'à celle de Stanley.

— Le vent creusait des vagues énormes. Il pleuvait des trombes. Le Zodiac tapait dur et j'arrêtais pas d'écoper. J'ai eu la trouille. J'ai vu le moment où on allait tous y rester. Je voulais pas crever comme un con avec les Siamois et ce taré qui s'était mis debout et gueulait à l'océan qu'on allait lui filer à bouffer, mais qu'il avait pas intérêt à en profiter pour nous avaler ou ça allait chauffer pour son cul. Alors j'ai fait demi-tour. Mais le temps que je me retourne pour vérifier si la barque était toujours bien attachée, je me suis retrouvé dans les vapes.

Il laissa passer un moment, jouant avec son verre, passant une manche sur son visage. Depuis la cuisine leur parvenait maintenant *London Calling*, dont la ligne de basse faisait trembler les verres sur les étagères.

— Quand je me suis réveillé, j'étais sur le plateau de la bagnole, coincé entre le bateau et la rambarde. J'avais du sang sous mon ciré et ça collait ma chemise. À travers le pare-brise arrière de la cabine, je voyais Gaël, une bouteille de Gin à moitié vide dans une main. En arrivant chez lui, il m'a jeté par terre, m'a collé contre le mur et a sorti un couteau. J'ai cru qu'il allait me poinçonner et j'ai commencé à gueuler, mais il s'est retourné et a crevé ses quatre pneus. « Comme ça, personne pourra croire que cette poubelle a roulé ces derniers mois », il a dit. Puis il m'a chopé par le col et m'a poussé dans son salon pour me tabasser. Il criait que j'avais pas intérêt à refaire un coup pareil, qu'on était liés par les liens sacrés du foot, que j'étais un traître au kop et un lâche, que j'avais du bol qu'il m'ait filé qu'un coup de rame et pas jeté avec les deux autres. Je me suis défendu comme je pouvais. Je hurlais qu'il était dingue, qu'on avait failli crever et qu'on venait de buter deux mecs. Il m'a étendu d'un coup et m'a dit que si je voulais pas assumer ma part du boulot, alors c'est lui qui ramasserait le fric, et il m'a piqué mon portable pour appeler Costard-cravate. J'étais tellement dans le coaltar que j'ai pas compris la moitié de ce qu'il racontait. Ce qui est sûr, c'est qu'il voulait faire monter les prix et que l'autre voulait pas. Il était furieux et il le menaçait de tout balancer.

Des Samsonite assombrissaient les cocards qui, sous ses yeux, viraient au jaune. Ses joues s'étaient creusées au fur et à mesure de son récit, et ses mains étaient prises de tremblements frénétiques. Mais le Poulpe était décidé à ne pas laisser filer sa proie. Maintenant qu'il l'avait prise dans ses tentacules, il allait dévorer jusqu'au dernier morceau de chair.

— Et les Malgorn ? Puisque vous ne pouviez rien faire sans être ensemble, t'aurais pas été dans le coup, des fois ?

Le visage d'Erwan s'écrasa comme s'il venait d'imploser. Gabriel eut un haut-le-cœur et dut se retenir pour ne pas l'envoyer valdinguer à travers le bar.

— Des types dans ton genre j'en ai rencontré plus souvent que je ne l'aurais souhaité, mais tu tiens quand même une belle place au palmarès des crevards. Allez, termine de cracher ta pastille avant de finir au fond du port avec les restes de ta caisse.

Un soupir puissant sortit de la poitrine dans un sifflement asthmatique.

— Costard-cravate a rappelé le lendemain pour dire qu'on avait retrouvé les corps, que c'était du beau boulot, pas parfait, mais pas mal pour des amateurs. Il était pas content que j'aie impliqué Gaël. Il avait pas apprécié de se faire insulter par un inconnu, pas plus que son patron n'avait aimé se faire menacer, mais il acceptait de passer l'éponge si on était d'accord pour un autre contrat.

Son débit était devenu plus rapide, comme s'il voulait se débarrasser une bonne fois pour toutes de cette histoire.

— Samedi soir, je me suis retrouvé sur une butte au-dessus de la D34, mon téléphone portable à la main, à surveiller la 305 des Malgorn. Gaël attendait un peu plus loin avec mon 4X4. On avait passé l'après-midi sur des chemins pleins de boue pour le salir et on s'était arrangé pour recouvrir les plaques. On avait aussi repéré un coin où il pourrait se planquer avec la bagnole. C'est lui qui a eu l'idée de les balancer dans les champs en leur fonçant dessus. Il a dit qu'au pire on pourrait les envoyer dans le décor à coups de pare-buffle, mais on n'en a même pas eu besoin.

Roman qui semblait regarder la scène avec un certain détachement en enchaînant les gorgées de soda, fit claquer sa canette sur le bois de la table.

— Vous êtes vraiment des beaux salauds.

Erwan renifla et planta ses yeux dans ceux du flic gidouillard en chemise rose. Il tentait de se donner une contenance, comme pour un baroud d'honneur, mais dut baisser son regard. Il se contenta de poursuivre.

— Le lendemain, on a retrouvé Costard-cravate pour la facture. Je n'ai jamais vu Gaël aussi poli, il s'est excusé vingt fois de s'être énervé, il a demandé de pas nous en vouloir pour ses paroles, et que s'il avait encore besoin de nos services, il fallait pas hésiter. Costard-cravate a pas ouvert la bouche, il a juste sorti deux enveloppes de sa veste, a attendu qu'on vérifie et s'est cassé. C'est quand j'ai vu le sourire de Gaël que j'ai senti le plan foireux. Il a tiré son portable de la poche de sa chemise avec l'air satisfait qu'il a quand il sort d'un stade où on s'est bien bastonné, et m'a montré l'écran. Dessus, il y avait la photo plein cadre de Costard-cravate. Puis il a dit qu'on allait voir ma tante.

Le Poulpe fronça les sourcils.

— Qu'est-ce que ta tante vient foutre là-dedans ?

— Ma tante c'était la fille du comte de La Menardière, une dame de la haute. Elle connaissait un paquet de gens dans la région, même du côté des rupins. Gaël a pensé qu'en lui montrant cette photo, elle pourrait nous dire de qui il s'agissait.

— Alors, c'est qui ce type ?

— Elle non plus savait pas son nom, mais elle se rappelait l'avoir souvent vu avec maître Le Fen. Elle croyait que c'était un garde du corps.

Gabriel se souvint avoir vu ce nom dans le dossier qu'il avait trouvé chez les Siamois.

— C'est qui celui-là ?

Le Niçois se tourna vers lui avec un air consterné.

— Un avocat véreux qui a construit sa réputation sur la défense des membres du FLB/LNS dans les années 1980. Sous couvert de discours d'une rare virulence à l'encontre de l'État qui allait emprisonner des innocents, il faisait cracher à ses clients des sommes énormes, puis les lâchait ensuite en prétextant des causes perdues, s'arrangeait pour perdre les procès ou faire durer les procédures. Parfois, même, il se débrouillait pour que ses dossiers parviennent au procureur. Ça a fini par se remarquer et il s'est retrouvé sur la liste noire de l'ARB, menacé de mort. Il a alors retourné sa veste déjà bien brune, et s'est transformé en chantre de la lutte anti-terrorisme en Bretagne. Accessoirement, c'est le cousin de l'autre, ce qui explique peut-être certaines choses. Mais pour ce qui nous intéresse, c'est lui qui défendait les intérêts de la belle-famille de notre bien-aimé président dans l'affaire qui l'opposait à l'association des habitants de la pointe de Pléven.

Un lourd silence retomba sur *L'Hermine d'Uluru,* troublé par les vocalises très à propos des Béruriers Noirs dont, depuis la cuisine, la jeunesse emmerdait le Front national.

Le Poulpe secoua la tête, dégoûté. C'est l'Ancien qui avait raison. Loïc, Dilek et les Malgorn étaient morts pour trois piafs et une fosse septique.

Bien sûr, au-delà de ça, il y avait la liberté de simples citoyens de profiter de leur tranquillité sans être emmerdés par ceux qui avaient du pognon et du pouvoir, de vivre la tête haute sans avoir à courber l'échine, de protéger ce qui était fragile, beau et délicat. Mais il ne pouvait s'empêcher de penser que c'était avant tout pour l'évacuation de quelques kilos de merde et de pisse qu'ils avaient fait le grand plongeon.

— Qu'est-ce que vous vouliez faire de Le Fen ?

— Gaël s'est dit qu'il était bourré de fric et il voulait le faire chanter.

— On ne fait pas chanter ces types, à moins de vouloir y laisser sa peau.

— J'ai essayé de lui expliquer.

— Et ta tante, pourquoi tu l'as rajoutée à votre liste ?

— C'était un accident ! Elle a débarqué chez moi hystérique, elle voulait que j'appelle la police, que je me rende. Elle savait que c'était moi, les Siamois, les Malgorn et tout. Entre mes contacts avec Le Fen, ma nouvelle bagnole à dix mille, et les morts, elle avait fait le lien. Mais je comprenais rien à ce qu'elle gueulait, avec la bouteille que je venais de m'envoyer, j'étais fait. Je voyais juste qu'elle voulait me coller derrière les barreaux. Alors, quand elle a sorti son téléphone et qu'elle a commencé à appeler, j'ai pris le premier truc qui me tombait sous la main et je l'ai frappée.

Cette fois, une vraie larme de chagrin coula sur sa pommette qu'il essuya d'un revers de la main.

— Et la maison des Siamois retournée, c'est vous ?

— Non, je jure que c'est pas nous.

Gabriel se leva, croisa douloureusement ses grandes mains derrière sa tête et se mit à déambuler entre les tables en boitillant.

Il avait voué sa vie, peut-être par la force des choses, en tout cas parce que c'était nécessaire, à remuer le tas de fumier qu'on amassait autour de lui et à en faire jaillir les cadavres qu'on tentait régulièrement d'y dissimuler. Chaque fois, il s'y mettait avec détermination et ne s'arrêtait que lorsqu'il avait mis au jour les os blanchis et abandonnés de la justice. Alors seulement, il s'octroyait un peu de repos avant de repartir « en croisade », comme disait Gérard. Mais cette fois, la tranquillité de l'esprit serait longue à venir.

Il se retourna et s'appuya des poings sur deux tables, le derrière saillant, la tête basse, emprunt d'une profonde lassitude.

— Bon, quelqu'un a-t-il une idée concernant l'avenir proche de celui-là ?

L'Ancien, Stanley, Roman et Erwan, les yeux démesurément ouverts, fixaient un point au-dessus de son épaule. Perdu dans ses pensées, il n'avait pas prêté attention à l'augmentation du volume sonore, et ne s'était pas rendu compte que Korydwen se tenait toute proche de lui, le Taurus pendant au bout de son bras.

Dans un geste preste pour un homme dans son état, le Poulpe se plaça devant elle, tandis que les trois autres se levaient, Stanley posant une main sur l'épaule d'Erwan.

— Ne faites pas ça.

— Il les a tués.

— Je sais. Mais si vous le descendez, vous ne vaudrez pas mieux que lui.

Gabriel savait que c'était le plus mauvais des arguments, mais sans doute ce qui s'approchait le plus de la vérité. Il attrapa le pistolet et n'eut pas à forcer pour le lui retirer délicatement avant de la prendre dans ses bras où elle s'effondra en sanglotant.

— Je crois que je sais par où commencer pour que chacun paye son écot.

30

La nuit était froide et une épaisse couverture de nuages cachait les étoiles. Plus bas, l'océan s'abattait contre les rochers, usant lentement mais sûrement le granit.

Les deux Gabriel, tout de noir vêtus, une cagoule roulée sur le front et les poches chargées, progressaient d'arbre en arbre, s'approchant de la maison endormie. Derrière eux, plié sous un sac, Stanley avançait plus difficilement.

Chacun à leur tour, ils avaient passé une partie de l'après-midi à tourner autour de la propriété en tâchant de ne pas se faire remarquer, repérant une manière d'entrer sans passer par la porte, ainsi que d'éventuels chiens ou agents de sécurité.

Mais les propriétaires, retournés à leur vie urbaine, semblaient croire qu'en leur absence personne ne s'aventurerait sur leur terrain sans en demander l'autorisation. Hormis deux caméras vissées sur les montants du portail électrique et deux gardes en costume sur l'allée de gravier blanc, rien ne semblait en défendre l'accès. L'enclos devait être électrifié pendant la période estivale afin d'écarter d'éventuels journalistes, mais quelques essais avaient suffi à prouver qu'il n'était pas sous tension le reste du temps.

Quelques minutes auparavant, ils avaient ouvert un grand trou dans le grillage du côté de la falaise et s'étaient glissés dans le petit bois de pins qui bordait la pelouse. Gabriel le Jeune avait consulté les plans de l'endroit dans le dossier des Siamois et se dirigeait sans hésitation. En s'arrêtant à la lisière de la pinède, collé contre un tronc, il regarda attentivement vers la maison puis, au loin, vers l'allée qui y menait. Malgré la noirceur de la nuit, il crut deviner, stationnant devant le portail, l'ombre d'un garde. Il fit signe à ses compagnons de s'arrêter et attendit un moment de voir si on les avait repérés.

Stanley laissa tomber à terre sa charge qui émit une plainte étouffée. Le Poulpe y donna un coup de pied et colla sa bouche au tissu.

— Tu la fermes ou on te jette à la flotte !

Puis il indiqua du doigt un buisson d'hortensias fanés de l'autre côté de la pelouse, en retrait de la bâtisse.

— C'est là.

— Ça fait une sacrée trotte.

— Je vais y aller le premier, puis tu me rejoins. Stanley, dès que tu nous verras courir vers toi… Enfin, on te fait confiance.

L'Aborigène fit éclater un sourire d'une telle blancheur qu'il sembla éclairer les arbres alentours. Le Poulpe lui renvoya son sourire, donna une tape sur l'épaule de l'Ancien en lui adressant un clin d'œil, et abaissa sa cagoule. Puis il dégaina une arme, au cas où, et se rua sur l'herbe, courbé en deux, le pas traînant à cause de sa blessure.

Soufflant un grand coup, Gabriel l'Ancien rabattit aussi sa cagoule, lança un regard à son ami pour se donner du courage et se jeta à découvert, faisant pistonner ses jambes aussi vite qu'il le pouvait. Au même moment, les nuages cédèrent sous le poids de l'eau et une pluie froide se mit à tomber, crépitant sur le toit en ardoise et les feuilles des arbres. Il jura intérieurement et accéléra, priant pour ne pas se vautrer.

Il contourna le buisson d'un coup de rein et, une fois à l'abri des regards, se laissa tomber sur les genoux. Juste à côté de lui, le Poulpe avait déjà entrepris de dévisser la plaque en plastique donnant accès à la fosse septique. Il la posa un peu plus loin, laissant une série d'effluves fleurant l'égout et les produits détergents leur attaquer les narines. Ils se regardèrent un moment puis vidèrent leurs poches sur le sol.

En fin d'après-midi, alors que Stanley avait posé une pancarte sur sa porte pour indiquer la fermeture du bar pour cause de maladie et qu'il surveillait Erwan, ils avaient rendu visite au hangar des Siamois afin d'y prélever le matériel adéquat. Les sacs étaient à la place à laquelle il les avait laissés et leur contenu toujours bien caché.

Gabriel le Jeune en attrapa trois et les leva comme dans une ironique offrande.

— Va falloir courir comme des malades si on veut pas péter avec.

Gabriel l'Ancien hocha la tête d'un air décidé. Le Poulpe vit à ses yeux que, sous sa cagoule, il souriait en ramassant ses instruments. Les tenant fermement, ils se relevèrent, les dégoupillèrent dans un même geste et les laissèrent tomber dans le trou.

Aussitôt ils trissèrent, traversant la pelouse dans un sprint digne de Carl Lewis, comptant mentalement à rebours 10… 9… 8… Arrivés au bord du bassin qui marquait le centre du jardin, le Poulpe risqua un coup d'œil vers le portail et l'allée bordée de bruyère. Un garde venait de s'arrêter et regardait dans leur direction, alerté par un mouvement inhabituel 7… 6… Il marqua une pause et, dans un réflexe professionnel, porta la main à son holster. Mais le temps qu'il se saisisse de son arme et ne jette un cri pour leur intimer de s'arrêter, les deux hommes étaient déjà à la limite du bois 5… 4… 3… Là, Stanley les attendait, son sac vide sur l'épaule, surplombant le corps d'Erwan étendu de tout son long sur un lit de brindilles, un Uzi à la main, un Manhurin MR73 dans la ceinture de son pantalon, une pince coupante dans une poche, une énorme bosse sur le front et reposant sur une grosse racine, sans connaissance 2… 1… À peine l'avaient-ils rejoint qu'une demi-douzaine d'explosions secoua la terre, faisant trembler les arbres, envoyant dans les airs une plaque en plastique et un buisson d'hortensias, recouvrant l'herbe verte et luisante d'une montagne de matière nauséabonde.

Quelques instants plus tard, après être remonté par l'ensemble du réseau de plomberie, un flot plus ou moins liquide fit exploser, sous la force de la pression, tous les robinets et cuvettes de la maison. Il recouvrit d'une couleur excrémentielle l'émail fracassé des lavabos, baignoires et W.C., ainsi que les murs et plafonds des lieux d'aisance, des salles de bain et de la cuisine. Des fenêtres volèrent en éclats, un chiotte traversa le toit avant de retomber sur la pelouse dans un bruit mat, et le second garde sortit en hurlant par une porte-fenêtre, le flingue à la main, partiellement éclaboussé de matière fécale.

S'ils s'étaient retournés, ils auraient aussi pu admirer le jet d'eau qui glougloutait au centre du bassin à poissons rouges s'envoler dans une superbe parabole, et laisser place à une petite cascade maronnasse délicatement décorée de morceaux de papier toilette rose.

Mais pris par leur course zigzagante, ils ne virent rien du spectacle pourtant grandiose qui se déroulait derrière eux. Ils passèrent le trou dans le grillage d'un bond et se séparèrent, prenant chacun une direction différente.

31

Gabriel avait glissé ses bras derrière le dossier du banc, croisé ses pieds loin devant lui, et suivait des yeux une sterne de Dougall plongeant entre les courants sur fond vert émeraude.

Levé tôt, il avait arpenté le sentier des douaniers, le nez au vent, goûtant la fraîcheur du petit matin, profitant pleinement de cette dernière balade sous le ciel armoricain, avant de regagner ses pénates et retrouver les mains fines de sa douce.

Arrivant d'un pas tranquille, Gabriel l'Ancien se dirigeait vers lui, son sac sur les épaules, son bonnet marin vissé sur sa tignasse blanche, un long brin d'herbe entre les lèvres. Il sentait déjà l'odeur du café qui bientôt s'échapperait de la bouteille thermos, et celle du pain encore tiède enveloppé dans un torchon. C'était le dernier petit-déjeuner en compagnie de ce fier Breton à l'accent du Sud. Le temps était venu de mettre fin à ses vacances un peu agitées.

La veille, prenant un repos bien mérité dans l'antre de Stanley, il avait écrit une carte postale à la blonde qui l'attendait au port, dans l'impatience de retrouver l'étreinte de ses tentacules, pour lui dire qu'il rentrait. Il l'avait choisie délicate et raffinée, comme il savait le faire et comme elle les aimait, une magnifique photo de quatre postérieurs rebondis et bronzés au milieu de chacun desquels passait une ficelle de couleur, allongés sur des serviettes reposant sur du sable fin. En dessous, en lettres rose fluo rondes et sensuelles, cette phrase qui disait tout de ces semaines passées en Armorique : « En Bretagne, nous bronzons. »

Puis, alors que Roman Dragulescu finissait sa troisième galette andouille de Guéméné-confiture d'airelles et sa deuxième bouteille de soda local avant de rejoindre la capitale dans son crapaud, il s'était installé devant une pinte de Celt Bier et avait terminé son livre, se promettant de retenir cette phrase qui, peut-être, en y mettant un peu d'orgueil et de prétention, pouvait définir ce qu'au fur et à mesure des années, il était devenu.

> « À la mesquinerie de " l'homme moyen ", incapable d'enthousiasme et vautré dans le pluralisme – ce multiple anesthésié –, il convient d'opposer *l'homme quelconque,* capable d'éveiller le geste politique qui déborde toute routine et tout possible anticipé. Car il existe un *héroïsme du quelconque,* de ce quelconque qui, à la fois singulier et innocent, peut être porteur d'un *exceptionnel.* »

Gabriel l'Ancien s'assit en posant son sac à terre et contempla l'océan pendant que son compagnon se roulait difficilement une cigarette qu'il coinça entre son oreille et sa casquette. Malgré un été doux qui avait retenu certains migrateurs, l'automne était venu avec son cortège de départs, et il ne restait plus sur la Petite et la Grande Fauconnière, que quelques oiseaux qui passeraient l'hiver sur les côtes bretonnes.

Le Poulpe jeta un œil sur la une de *Ouest France* que son compagnon venait de poser entre eux. La moitié de la page était occupée par une photo de la maison dévastée aux murs dégoulinants, la vue englobant le jardin, le trou béant de la fosse, la cuvette W.C. cassée en deux et le petit bassin à la surface duquel flottaient quelques poissons rouges sur le ventre. Le quotidien avait cru bon de titrer « La fosse présidentielle explose, la police reste sceptique. » C'était nul, mais ça le faisait marrer.

— Alors, c'est aujourd'hui que tu mets les bouts ?

— Oui, je crois qu'il vaut mieux. Tu as vu les cars de CRS qui ont envahi la région depuis hier matin, ça commence à sentir un peu trop le bleu marine pour moi.

Ils trinquèrent au caoua, respirant à pleins poumons l'air iodé mâtiné de saveurs colombiennes.

— *Hermat* Gabriel. C'était bien chouette ces moments passés avec toi.

— Santé Gabriel. Le plaisir était partagé.

Ils burent lentement, laissant les arômes recouvrir leurs papilles.

— Alors, qu'est-ce que tu as fait des armes ?

— Je suis passé voir le vieux Diogène hier dans la soirée. En fait, les Siamois les cachaient pour lui depuis quelques semaines en attendant qu'elles prennent la route du Pays basque.

— Il t'a dit pourquoi ils avaient accepté ?

— Non, et j'ai pas voulu insister. Je ne voulais pas qu'il puisse croire que nous étions pour quelque chose dans la disparition des grenades et des flingues, alors que tous les soupçons devraient se porter sur Erwan.

Le Poulpe pensa aussi aux vingt mille euros qui avaient disparu dans sa besace et permettraient d'acheter une nouvelle pièce pour son Polikarpov. Mais il se garda bien d'en faire mention. Après tout, il n'était pas tenu de faire entrer qui que ce soit dans son jardin secret.

Le Niçois vida sa tasse et la remplit à nouveau avant d'entreprendre de tartiner de longues tranches de pain.

— Ça me fait quand même un peu bizarre.

— Quoi donc ?

— Ces garçons, je les côtoyais, j'ai fait des manifs avec eux, je savais qu'ils pouvaient être engagés, intransigeants, parfois durs, mais je n'aurais jamais imaginé qu'ils puissent être de mèche avec une organisation terroriste.

Le Poulpe posa son quart vide et attrapa la tartine qu'il lui tendait.

— Tu sais, le terrorisme dépend souvent du point de vue selon lequel on se place. Regarde, nous.

— Quoi nous ?

— Comment tu crois qu'on va qualifier ce qu'on a fait l'autre soir ?

— Attends, l'autre soir on a juste mis un chiotte sur orbite et refait la décoration intérieure d'une baraque !

Le Jeune désigna du menton les feuilles de papier agitées par le vent.

— Et dans les journaux c'est déjà considéré comme un attentat contre la belle-famille du président.

L'Ancien hocha la tête et soupira.

— Comment va la petite ?

— Elle a l'air de tenir le choc.

La veille, en fin de journée, il était passé voir Korydwen pour la saluer une dernière fois, mais la jeune femme semblait avoir besoin de compagnie et lui avait proposé une promenade en bord de mer. Ils avaient marché longtemps dans le sable, sous un fin crachin qui les avait trempés jusqu'aux os, elle le tenant par le bras, se réchauffant de sa présence, lui les mains enfoncées dans les poches de sa vareuse, fredonnant *Dirty Old Town*, les yeux fixés sur l'horizon qui devenait de plus en plus noir. Puis, à la nuit tombée, il l'avait raccompagnée chez elle.

— Elle est allée voir la flicaille ?

— Hier après-midi, et elle leur a raconté ce qui était convenu. Qu'Erwan l'avait emmenée de force chez Gaël, que dans la soirée des types cagoulés avaient débarqué pour régler des comptes, que Gaël avait été descendu sans pouvoir faire un geste, qu'elle s'était jetée derrière un canapé avant de tomber dans les pommes et que quand elle s'était réveillée, elle était seule dans la maison.

— Et ils l'ont crue ?

— Ça a eu l'air de prendre, même s'ils ne paraissaient pas convaincus. Mais comme ils vont avoir autre chose à faire ces jours prochains et qu'il s'agit quand même de Korydwen Le Guern, la petite star locale, je pense qu'ils vont lui foutre la paix. De toute façon, je compte sur toi pour veiller au grain.

Le barbu fronça les sourcils en mordant dans son morceau de pain.

— Et à propos de Le Fen et de son sbire, on fait quoi ?

— On va laisser faire Stanley.

L'Ancien prit un air peu convaincu.

— Tu crois que ça marchera ?

— Je ne sais pas. De toute façon, on n'a rien à perdre et il vaut mieux se faire discret pour le moment. Au pire, si ça foire, on pourra toujours aller lui casser la gueule.

En préparant leur expédition, ils s'étaient demandés comment ils pourraient aussi s'occuper du cas de l'avocat. Tandis qu'ils réfléchissaient à une autre stratégie que celle, simplement frontale, consistant à aller lui déboîter les genoux, le vieux Noir s'était levé et était revenu quelques instants plus tard avec une longue aiguille en os à la grosse extrémité de laquelLe Fendait une tresse de cheveux.

Le Poulpe s'était fait curieux et intrigué.

— Qu'est-ce que c'est que ça ?

C'est Roman Dragulescu qui, entre deux bouchées de crêpe beurre-sucre-citron, avait répondu.

— Un *kundela*, taillé dans un os de kangourou.

L'Aborigène avait acquiescé, un sourire étonné sur les lèvres.

— Et qu'est-ce que tu vas en faire ?

— Je vais le pointer sur lui.

Devant leur expression interloquée, il s'était expliqué, se faisant soudain grave.

— C'est un rituel qui attirera la mort sur celui qui a voulu la mort de Dilek et Loïc. Je me couvrirai de la peau du kangourou auquel a appartenu cet os et je deviendrai un *kurdaitcha,* un chasseur. Je m'approcherai de lui pour qu'il voie cet objet et je le jetterai à ses pieds. Je n'aurai pas besoin de le toucher, pas même une égratignure, et pourtant, vous pouvez me croire, il va souffrir. Il blêmira, son regard deviendra vitreux, ses traits se déformeront, il ne pourra plus pousser un cri, se mettra à trembler, ses muscles se noueront, et il s'écroulera sur le sol, à l'agonie. De longues heures plus tard, la douleur finira par se calmer, mais à partir de cet instant, il va dépérir et, à moins qu'un contre-maléfice ne soit prononcé par un autre *wirringan,* il mourra.

Les deux autres étaient restés perplexes, mais le regard terriblement confiant du flic rondelet d'Interpol, ses hochements de tête convaincus et son sourire barbouillé de sucre les avaient décidés.

L'Ancien termina son café d'une grande gorgée.

— Tu crois que l'agité médiatique est derrière tout ça ?

Le Poulpe lui offrit une moue dubitative.

— Honnêtement, j'aimerais bien, ça ferait une autre horreur à mettre à son crédit, mais j'en doute. Je crois plutôt que c'est l'œuvre d'un avocat minable qui a voulu briller aux yeux chassieux de celui qu'il prend pour le chef de l'État.

Le Breton du Sud haussa les épaules et se resservit une tasse.

— Y'a un autre truc qui me chiffonne. Qui a cambriolé la maison des Siamois ?

— Certainement Costard-cravate ou un type à sa solde.

— Mais pourquoi ?

— Le dossier. Il a bien fallu que Loïc et Dilek le trouvent quelque part et je crois que c'est à Le Fen qu'ils l'ont subtilisé. C'est pour ça qu'il n'a pas demandé à Erwan de le récupérer, pour le coup, ça aurait pu servir à le faire chanter.

— Et lui, tu sais ce qu'il est devenu ?

— Absolument pas. Et ça ne m'intéresse pas beaucoup. À mon avis, vue la position dans laquelle il a dû être trouvé, il a passé un sale quart d'heure. Au mieux il est au trou…

Il engloutit sa tartine et porta sa clope à ses lèvres. Au bout du cap Fréhel, juste au pied de la tour Vauban, un car frappé du logo *Wicaros Wonderful World* se gara et déversa par sa porte avant un filet de petits vieux enthousiastes. De l'autre côté de l'anse des Sévignés, au milieu des bouquets de fougère et de bruyère sèches, le fort La Latte dressait sa force tranquille sous un vol de goélands marins.

— Tu sais, l'autre soir, j'avais à peine fait cent mètres avec ma Guzzi, qu'au détour d'un virage, j'ai croisé un type. Il se baladait avec des vêtements en lambeaux, un chapeau rond où flottait un ruban noir moisi, un bâton ou une faux à la main, des sabots aux pieds, et il traînait une charrette défoncée tirée par un cheval si maigre que je me suis demandé comment il pouvait avancer.

Il mit feu au tabac, tira une agréable bouffée, et recracha la fumée par les narines, la laissant disparaître dans le vent.

— Mais ce qui m'a paru le plus étrange, c'est qu'il a levé une grande paluche décharnée comme s'il me connaissait et je l'ai distinctement entendu me dire merci.

Références discographiques et bibliographiques

Le Tango des élus, paroles et musique de Renaud Séchan.

Interface, musique de D. Renseignements, écoute et téléchargement gratuit sur le site http://timianprod.free.fr/interface2.

Roman Dragulescu et Renzo Sensini vivent leurs propres et passionnantes aventures dans la série *Complex*, de Bretin et Bonzon, aux éditions du Masque (T.1 *Éden,* 2006, et T.2 *Sentinelle,* 2009).

Les citations sont tirées de *Vivre et penser comme des porcs* de Gilles Châtelet, Exils éditeurs, 1998.

Remerciements

Je ne vais pas me priver de remercier une fois encore Denis et Laurent pour s'être prêtés au jeu et avoir permis qu'une boutade devienne réalité.

Merci également à Arthur pour ses relectures pertinentes, ses conseils et la volette, aux Pogues, Ramones, Clash, Sex Pistols et Béruriers Noirs pour l'accompagnement musical, à Fred et Géraldine parce que la misère ne saurait se départir du rire.

Et à mon chat qui adore se vautrer sur mon clavier quand j'écris.

Derniers titres parus

Vainqueurs et Cons vaincus, Andreu Martin, n° 144
Le Poulpe ; le film, Nicloux, Pouy et Raynal, n° 145
Madame est Serbie, Nila Kazar, n° 147
Le Mec à l'eau de la générale, Pierre Fort, n° 148
Les Teutons flingueurs, Stéphane Geffray, n° 149
L'Arthritique de la raison dure, Alain Aucouturier, n° 152
Un nain seul n'a pas de proches, Thierry Reboud, n° 154
La Pensée inique, Cyril Berneron, n° 155
Sur la ligne marginaux, Pierre Kolaire, n° 159
Feinte alliance, Dominique Renaud, n° 160
Pour cigogne le glas, Cyprien Luraghi, n° 163
La Brie ne fait pas le moine, Christian Rauth, n° 164
La Tour de l'immonde, Davis Downie, n° 167
Le Vrai Con maltais, Marcus Malte, n° 168
L'Évincé au fond du pouvoir, Yan Molin, n° 170
Belles et Putes, Claude Ardide, n° 171
Lisier dans les yeux, Franck Resplandy, n° 173
Quand les poulpes auront des dents, Pierre Barachant, n° 174
Goulasch-moi les baskets, Cédric Suillot, n° 177
La Petite Fille aux oubliettes, Sophie Loubière, n° 178
L'Agneau pas squale, Adna H., n° 181
L'Ordure, hein ! Orange amère, n° 182
Éthique en toc, Didier Daeninckx, n° 185
Saône interdite, Francis Pornon, n° 187
Le Cinquième est dément, Jean-Marc Ligny, n° 189
Jeux de Roumains, Jeux de vilains, Stéphane Kœchlin, n° 190

Palet dégueulasse, Michel Dolbec, n° 192
Un pastis à la soviet, Michel Abax, n° 193
Drôle de drums, Alain Wagneur, n° 196
Des gourous et des douleurs, Patrick Mercado, n° 197
Le Cas G. B., Gérard Streiff, n° 199
Le Poulpe au lycée, Collectif, n° 200
Notre père qui êtes odieux, Violaine Berot, n° 201
Belle-mère en l'île, Olivier Mau, n° 203
Les Ravies au lit, Emma Christa, n° 204
À Freud ! Sales et méchants, Pierre Magne, n° 205
Oasis pour l'O.A.S., Mariano Sanchez Soler, n° 206
Psy cause, Patrick Arduise, n° 208
Lady Commandement, Didier Quester, n° 210
Je bande à Bonnot, Jean Marbœuf, n° 211
Vol au-dessus d'un nid de cocos, Antoine Blocier, n° 213
Gab Save the Di, Pierre Bourgeade, n° 214
Une valse de slave nu, Vladimir, n° 216
Guère épais, Pierre Garcette, n° 217
Pompe et peine petite Khmère, Guillaumin Sor, n° 219
Touche pas à mes deux seins, Martin Winckler, n° 221
Les Dix Scouts de l'abbé Todd, Florian Graton, n° 223
Toubib or not toubib, Léon Layon, n° 225
Pigalle et la Fourmi, Thierry Crifo, n° 226
Un petit lapsus très suspect, Claudine Chollet, n° 228
Photos à mateurs, Claudine Aubrun, n° 229
Boris au pays vermeil, François Darnaudet, n° 231
Les Huns dealent au Soleil, Rémy Gallart, n° 232
Parkinson le glas, Gabriel Lecouvreur, n° 234
Le Fond de l'RMI, Kynndylan, n° 235
Le Poulpe en prison, Collectif, n° 236
La Légion d'horreur, Baude et Sorin Ovidiu Manesia, n° 237
Faut pas charnier, Barberi et Ramonet, n° 238
Babel Ouest, Gérard Alle, n° 239

Le Malheur est dans le blé, Lucile Debaille, n° 240
Purée d'avocats sauce chili, Francisco
Gonzáles Ledesma, n° 242
Farine et Châtiment, Olivier Le Petit, n° 243
Le Cyber Poulpe, collectif, n° 244
Saké des brûmes, Romain Slocombe, n° 245
En panne seiche, Carlos Sampayo, n° 246
La Route du rom, Didier Daeninckx, n° 247
Les Sept Poules de Christelle, Noël Simsolo, n° 248
Castro c'est trop !, Jean-Jacques Reboux, n° 249
Poulpe Fiction, Hubert Michel, n° 250
L'Appel du grand barge, Lalie Walker, n° 251
La Ballade des perdus, Jean-Marc Ligny, n° 252
Sans temps de latitude, Francis Mizio, n° 253
Togo or not Togo, Pierre Cherruau, n° 254
Saint-Pierre et Nuque longue, Serge Scotto, n° 255
À l'ombre des jeunes flics en pleurs, Roger Facon, n° 256
Certains l'aiment clos, Laurent Martin, n° 257
D'amour et dope fraîche, Caryl Férey, Sophie Couronne, n° 258
Les Ch'tis commandements, Noël Simsolo, n° 259
À vos Marx, prêts, partez !, Jérôme Leroy, n° 260
Cinq bières, deux rhums, Jean-Bernard Pouy, n° 261
On ne badine pas avec les morts, Laurence Biberfeld, n° 262
Même pas Malte, Maïté Bernard, n° 263
Un singe en Isère, Marin Ledun, n° 264
Vingt mille vieux sur les nerfs, Jean-Paul Jody, n° 265
Mort à Denise, Sébastien Gendron, n° 266
Sarko et Vanzetti, Sergei Dounovetz, n° 267

À paraître

2030 : L'Odyssée de la poisse, Antoine Chainas, n° 269

Achevé d'imprimer en mai 2010 par Corlet Imprimeur - 14110 Condé-sur-Noireau
Dépôt légal : mai 2010 - N° d'Imprimeur : 129944 - *Imprimé en France*